末日告白指南

蘇乙笙・著

末日代表的不只是結束，
還有新的開始。

獻給所有絕望中重生的希望

· 目錄 ·

CHAPTER 1　重量

CHAPTER 2　　濕氣

CHAPTER 3　距離

CHAPTER 4　　**虛實**

CHAPTER 1

重量

二十一公克是靈魂的重量。靈魂素粒子離開肉體的時候，人的體重也會有所變化，科學實驗說明了靈魂是可以測量的物質。

我很好奇，人的情緒也有重量嗎？記憶也有重量嗎？
如果它們真實存在著重量，那麼悲傷、痛苦、愉悅、興奮，五味雜陳的情緒，或是刻骨銘心的記憶，在大腦中其實也占據了很大一部分呢。

我的身體裡裝載著數以萬計的回憶，很多是關於你。
如果把你連根拔除了，我說不定就能重新變得輕盈，像羽毛一樣，離開也不會有聲音。

我的心裡少了你也沒關係，磅秤不需要精準記錄你在不在這裡。

愛人啊，你愛這個世界嗎

> 人世淺短，生命漫長，我希望你平安就好。
> 你平安就好。

我最愛的人，祝福你平安。

1

每一次閉上眼睛前，我都在幻想著下一次睜開眼睛，世界會變得怎麼樣。

很多情節在腦海裡上演，交織成許多對未來揣測的畫面。

可能那個時候手機支付已經不是科技趨勢了，可能人類的身體裡會植入晶片，可能某一個你以為會生存好幾世代的物種突然滅絕了，也可能這個世界上能代表身分地位的已經不是錢了。

然後會不會有一天，末日在你我都沒有預料到的那一天，猝不及防地就到來了。

我從小就會夢見各式各樣的災難，清醒時也會對生活周遭的變動十分敏感。

我常常憂慮會不會有一天，我成了倖存下來的人，身邊所有我愛的人都已經離我而去，我會不會再也沒有歸鄉，那樣的我還有勇氣留在這個世界上嗎？那假使我留不住這個世界、更留不住自己，我還能留下些什麼。

所以每一年，我都會寫一封信給自己。每一次都像最後一次。

原諒生活的不如意，原諒自己成長過程的跌傷，原諒沒有被愛的人擁抱。

原諒流過的淚變成海洋，原諒說出的謊被下一個人收藏。

原諒在這個平凡無奇的世界裡，我們有太多慾望和期待，所以奮不顧身地奔赴遠方，身旁有太多視而不見的美好被逐一淡忘。

原諒我們生而為人。

那些被淋濕而模糊的歲月，那些被烘乾而熱烈的曾經，那些翻來覆去卻沒有平息的念想。

人世淺短，生命漫長，我希望你平安就好。

你平安就好。

2

假設我們能平安活到八十歲，一年有一次的生日，一次的生日
能許三個願望，傳說只有最後一個放在心裡默念會實現，所以
真正能兌現的願望一輩子只有八十個。
這是我在你二十五歲生日時和你說的話。

我問第三個願望與我有關嗎，你說是啊，你不會告訴我許了什
麼願望。
但不管這個願望最終會不會實現，至少我占了八十分之一的
重量。

我永遠會為了成為你生命的一部分而暗自竊喜，畢竟生命無
常，有人在平凡的日子把我當作夢想，好好地珍藏，好好地
發光。

蠟燭被熄滅，時針走到數字十二的終點，你眼裡的熱淚盈眶，
讓我想到老了以後我們也會像這樣撫摸彼此的臉龐，忍不住帶
淚笑著年少的荒唐。

不管那個時候，是不是我陪你熱愛風光，說年輕真好。
直到老到白髮蒼蒼，還是在掌紋皺褶上心疼你的傷。

3

總是喜歡帶著老成的口吻說，終於走到這個地方。

回想年少的時光，我們總喜歡在老師的眼皮底下傳遞歪扭字跡的紙條，分神地倒數下課鐘聲響起，桌墊下還壓著營養午餐的當月菜單。還有那些為了迎合流行而改窄的制服外套，在球場邊應援心上人揮汗如雨的午後，畢業時在友誼冊子上祝福的鵬程萬里，拿著學士帽站在鳳凰樹下的擁抱……種種代表青春的燦爛風景，刻印在相信前途明朗的澄澈眼光中──你我都是這麼長大成人的。

到後來，經歷社會的勾心鬥角、經歷感情的好壞參半、經歷夜深人靜的清冷惆悵，很多原本在心裡深信不疑的爛漫美好，都被歸類成童話故事的虛幻不實，而現實其實是場場兵荒馬亂，天真是分崩離析的滿地殘骸，愛在無情裡四分五裂。

你遇見形形色色的人，當然除了邪惡的、貪婪的、恐懼的、自私的，還是有明亮的、善良的、平庸的，只是不是每個人都有得到所謂的公平，我們在猜疑中相擁，也在信任中疏離。當我們認清個體終不會成為一體，我們只是借光前行，我們也只是在相互依偎中學會動聽的告別該怎麼說。

我們揮霍過僅有的年歲，但也深愛過輝煌的世界，有時候卑微得不值一提，有時候自傲得信以為真，絲毫不懼怕將來。當他們說你身上有五顏六色的光芒，那時候我還是不可置信的。
一直到你口口聲聲說無比憎恨這個蠻橫暴戾的世界。

你站在頂樓吹著大風，腳底下是一片燈火通明，在漆黑的夜裡綿延到你嚮往的地平線那端，那裡有更遙遠的自由和平靜，但你沒有跟著它離去。
好像是原諒了，釋懷了，寬恕了，或是重新定義。

我知道，你還是很愛這個世界的。

我站在你的光芒底下，突然明白了生命可貴的原因。
我們用一手啤酒等待破曉的日光，追憶今生的庸庸碌碌，清晨的光線潮濕了你的眼睛，你恍惚地說著方才經歷了一場濃稠的墨，好像燃燒了斑斕的火，捂住了臉，難過地說，故鄉還是那麼漂亮。

深情是你在薄涼世界裡行走的底氣。

你永遠深愛著這個世界。

一直到走遠了。我們都相信還會回來。

4

奔騰萬里，永無止境。

此生值得深深牽掛，嚮往盛放。

一百種末日

| 你離開的那天，對我而言就是末日了。

一定要世界毀滅才算是世界末日嗎？

花的枯萎是它的末日、動物的屠殺是它的末日、物品的失去是它的末日、太陽的失溫是它的末日、落葉的踐踏是它的末日、香水的揮發是它的末日、夢境的清醒是它的末日、相片的破損是它的末日、牛奶的過期是它的末日、劇情的結局是它的末日。

謊言有了破綻是末日、勇敢有了恐懼是末日、等待有了期限是末日。
末日是很瑣碎的事情，日常在發生的同時，末日就不是遙遠的事情。

你知道嗎。

你離開的那天，對我而言就是末日了。

你沒有想像中那麼孤單
——給十七歲

> 長大不是迎接孤單的過程，一路以來，你愛過那麼多人，被那麼多
> 人愛著，不都是那麼美好的事情嗎。
> 就算隻身一人時，你也不孤單，你有自己作伴。

想寫一封信給年少的你。

1

今年你又長大一歲了呀。

學會為自己綁鞋帶了嗎，烤麵包時不會再烤焦了吧？你挑食的
習慣應該還沒改變吧，相信人的直覺也時常失誤呢。

我叮嚀過你，要好好和家人相處，他們的愛是無庸置疑的，不
會像你愛人時總是猶豫戒指要戴在哪根指頭上。

不健康的食物也少吃點，你的身體沒有比別人強壯，當藥罐子

也沒有比較快樂，悲傷並不會因此得到抗體。

你現在大概正值愛漂亮的年紀吧？

有時候也會為了幾顆突如其來的青春痘而煩惱，有時候也會因為眉毛畫得不對稱而失落。

你可以成為自己自在的樣貌，但不要在旁人的審美觀裡迷失自己。

你還是一樣對自己的夢想保持熱忱嗎？

那真是一件難能可貴的事情呀。

熱愛而熾熱的眼神是不會騙人，面對困難你總是所向披靡，因為你有自己的信仰和執著啊。

奔赴遠方的時候，你還是一如既往地努力。

你會迫不及待地想要長大嗎？

長大後你第一件想要做的事情是什麼呢？

談一場刻骨銘心的戀愛、寫一本雋永的故事書、走一遍世界的寬闊，還是慢慢勾勒未來的輪廓呢？

不管是哪一種，你要記得，長大的你，依然是年少的你。

走得越遠的時候，越要記得最初的樣貌，不負初心的前行。

你曾經問過我吧。

如果有一天你長大了，我會不會愛你。
等你長大了，這個問題的答案也沒有那麼重要了。

你知道，你其實沒有想像中那麼孤單。

2

如果時間是有形體的，那我應該會把我所擁有的，都塞滿你整
個屋子了吧。
我的意志從來都不允許我有指揮權，可是有時候看著你徬徨無
措的模樣，我真想要為你兩肋插刀。

那時候的你還不經世故，把許多青春年華奉獻在美夢裡。
做夢很好，做夢的時候可以盡情沉溺於幸福。
倘若沒有清醒的一天，你也不會因為害怕失去而傷心，你應該
是可以永遠安住在美夢之中，永遠喝采被眷顧的幸運。

是誰把你從夢中搖醒的呢？
你有多麼憎恨現實啊，你有多麼想要賴在一個寬厚又溫暖的懷
抱裡，無憂無慮地任憑時光遷移。

當你沒有那麼多時間完成你的美夢。

當你不得不經歷世界的陷阱。
當你終於會難過一無所有。

當你已經走了很遠很遠的時候才看清，你其實不喜歡做夢，只是不想要接受孤身一人的時候。
可是你並不孤單呀。
你能被愛的。你值得被愛。你是被愛的。

那個時候我還不懂得怎麼好好愛你。
等你長大了，這個問題的答案也沒有那麼重要了。

你知道，你其實沒有想像中那麼孤單。

3

末日的時候帶著一個人逃跑吧。

我猜你應該會選擇當下陪你同床共枕的那位心上人吧？
畢竟在愛情面前，你總是一心一意。

等末日那天來臨，這個問題的答案也沒有那麼重要了。
你知道，你其實沒有想像中那麼孤單。

4

沒有那麼重要的時候，不見得是因為這個答案已經失去意義。
而是已經不需要尋找解答了。

我知道你曾經期待過長大，但也抗拒過長大。
你喜歡過自己，也討厭過自己。
但你也知道，我很愛你。
就算失望、難過、恐懼和害怕，卻從來沒有放棄過你，那樣地
愛著你。

長大不是迎接孤單的過程，一路以來，你愛過那麼多人，被那
麼多人愛著，不都是那麼美好的事情嗎。
就算隻身一人時，你也不孤單，你有自己作伴。

你知道，你其實沒有想像中那麼孤單。
對吧？因為現在的我就是你未來的樣子。我是這樣幸福著。

總有些人不能一起回家

你愛的是我嗎，
還是我曾陪你走過的繁華與熱鬧呢。

「我有說過我的願望嗎。我想把終身託付給你，等你看遍世間
風景，再陪你找個家。」

| | | | | | | |

世界上每一對戀人都會變成親人嗎？

你吻過我的唇，但現在你只用生疏的姿勢擁抱我。
道過晚安，你背著我安穩入眠，是我習慣看著你的背影流淚。
我常常會想，到底是不是我小題大作呢？或許還未到終點之前，
我們都有資格逃跑，你不是那麼差勁，你只是執行你的權利。

你不喜歡「親情」這個詞彙，因為你的父母沒有給你足夠的安

全感，可那不應該成為懲罰我的藉口。
你說只是不希望我們重蹈覆轍，你希望我們一輩子活在熱烈的火焰中，我們可以流浪，可以歌唱，但不能平凡和簡單。

世界上每一對戀人都會變成親人嗎？
那是終點呀，是神聖的殿堂，但我未曾想過那是你的萬丈深淵。

| | | | | | | |

你還記得嗎，我們一起去乾燥花店。
我說我想買一束滿天星，但滿天星的壽命不長，於是我將就選了不凋繡球花。
後來你偷偷買下了我愛的粉色滿天星，你說兩年後你再買一束新的花給我，可是花凋謝了呀。

你還記得嗎，我們每天早上光臨的早餐店。
老闆娘說已經一個禮拜不見你，我撒了謊，說你去旅行了，下個月會陪我來買雙份的起司蛋餅。

你還記得嗎，我在南方澳寄給你的明信片一直藏在你的沙發夾縫中。
想當作驚喜給你，渴望有一天你發現時會萬分喜悅，但你說要

搬新家了，什麼都不會帶走，你來得及看見嗎。

你還記得嗎，你默默打了好幾場對決才贏得的遊戲幣。
其實只為了買一枚虛擬鑽戒給我，你說以後會補一個貨真價實的，那時候再舉行一場遊戲沒有的盛大婚禮給我。但那遊戲我們都不再登入了呀。

你還記得嗎，巷口的流浪貓總是怕生，但你會不厭其煩地陪我去公園和牠聊天，可是牠好像找到新主人了啊。
你還記得嗎，怕水的你說有朝一日要陪我去綠島浮潛，我笑你是哪裡來的膽子了，你說只要我想去的，再遙遠和困難你都無所畏懼。

你還記得嗎。
今天是我的生日啊，你又怎麼忍心讓我獨自歌唱，獨自吹熄黑夜裡唯一的火光，你知道我怕黑，也怕無人回應的空蕩。

我不知道是什麼讓我們生疏了，日子一樣的枯燥乏味。
我沒有變，所以相信你也不會變，我沒有厭倦，就相信你將永遠感到新鮮。
可是究竟是什麼讓我們的關係變得難以捉摸呢？

我們是戀人呀，終有一天我們會成為親密無間的家人。
那些成對的漱口杯、兩人份的餐包、為了你的過敏症而買的清
淨機，或是那張顯得空曠的加大雙人床，不都是一種準備嗎。

那為什麼你和我說，我們的關係因為太過依賴而變得狹隘呢？
為什麼你開始想去土耳其看自由的熱氣球，喜歡聚會的熱鬧大
於和我在一起的安心，喜歡的手機遊戲變成組隊進行。

你喜歡的已經不是我了，而是更遼闊的天空，能讓你無拘無束
地翱翔。
你不用喝白開水了，調酒比較符合你的口味。
抒情歌已經不是你的浪漫了，搖滾樂才是你的狂歡。

你說你要找自由、找自我，找從前的熱情和活力。
是我讓你捨棄這些嗎，是我讓你不願意細水長流嗎。
我多想問問你，在你的眼裡，我們究竟是哪一種關係呢？哪一
種棄之可惜、擁有又空虛的關係。
你愛的是我嗎，還是我曾陪你走過的繁華與熱鬧呢。

我們要到終點了，你不再陪我堅持一下嗎。
還是你害怕越走越接近天堂，你看清了那才是地獄。
那是我的天堂啊，我未曾想過那是你的地獄。

我多希望你能再陪我堅持一下。
或許只要再多一個轉彎的路口，天空就會放晴。
你不願意嗎。

台北不下雪

像是失望的時候，
不是淚流滿面地求你別走，而是轉身離開後安慰自己不痛。

「我不會懷抱期待，期待下次你會想起我，只是不會擁抱
我。」

ⅠⅠⅠⅠⅠⅠⅠⅠ

我不是變得更灑脫，是不夠勇敢期盼奇蹟發生。

你沒有問我當時是不是很無助，一定很無助吧，如果你早點發
現，說不定你就能搭著末班車來接我。
我多想問你，如果哪一天，或許哪一天，奇蹟出現的那天，你
能不能再次想起我，那個你從來避口不談的我，是不是不用再
隱瞞地帶過。

那些刺眼的光，最後變成心上的火苗，一步一步逼近我，焚燒我眼裡駐留的笑容。

你最後一次溫柔看著我，那已經相隔好久好久。

後來我也學會不再貼心問候，任誰靠近都禮貌閃躲。

像是失望的時候，不是淚流滿面地求你別走，而是轉身離開後安慰自己不痛。

| | | | | | | |

他們一起看過一場雪。

去年的聖誕夜，廣場布置了很多燈泡串，天空撒下漫天的雪花，只不過是泡沫營造出的假象。

可是沒關係，二十幾年來沒見過雪的她，對此已是著迷地移不開雙眼，發出聲聲驚歎。

她就像孩子一樣在人潮中雀躍地奔跑，路過人來人往的張張笑臉，在空中飛揚的髮絲被點綴了白色的星光。他站在遠處看著，恍若世界以她為主角，模糊了視線外的景色。

他知道她太喜歡浪漫的氛圍，沒辦法給她絢麗奪目的極光和滿地盛放的玫瑰，但平凡的溫暖已足夠她感動萬分。

他一直都知道，她很想賞一場真正從天空降下的大雪，常常想
著台北下雪時，她要許一個全天下最浪漫的願望，那無非就是
和所愛的人一生一世。

但他知道的是，即使沒讓她許願，即使台北沒能下雪，他也能
為她實現夢想。

可是啊，命運怎麼偏偏那麼愛開玩笑，他們最終還是背道而
馳，她在他轉身時，在原地傻傻地望著他的背影、傻傻地等待
他回來，最後是失望先找到她。

後來他終於回過身，像是聽見她費盡全身的力量吶喊著他的姓
名，可是這次是他看著她走遠。

她的步伐沉重了一些，她背著他時從未這麼失神落魄，她每一
次的奔赴都會為了他而停下來，確認他的目光還是為她停留，
才敢放心地繼續前行。

然而這次沒有，她沒有回頭看。

是很失望很失望吧。

他知道就連看不到雪，她都未曾那麼失落過。

聖誕節要來了，街邊又開始妝點整座城市的浪漫。

她停下來，一個人坐在公園，緊了緊身上單薄的外套，打了個

哆嗦，發現這座城市不如從前熱鬧了，也發現那些十足耀眼的
光芒萬丈已經不會使她興奮不已了。

像是明白了什麼，她站起身，筆直的、毫不留戀地離開了那些
幸福的人們。

那天台北下的不是雪，是一場來得太倉促的雨。

她走進雨裡，那把傘留在回憶的角落。

他會不會撿起已經不重要了，索性當作他沒有在那裡等過。

老去

> 我知道世界的瞬息萬變，
> 卻不知道想念沒有期限。

日子斑駁的時光裡我只記得想念你。

想念你笑起來的晴空萬里，想念你說話的語氣，想念你走路的
步伐，想念你專注的側臉，想念你吻過我的嘴唇，想念你牽過
我的手心，想念你凝視我的眼睛。
我的想念已經與你無關，在沉靜的明天裡你卻聲色張揚。

我知道世界的瞬息萬變，卻不知道想念沒有期限。
清算這些與你相關的日子，我也就這樣慢慢地隨著歲月老去
了，但你卻依然在我記憶中如昨日那般鮮明，那般永垂不朽。

♦

盲

盲目而固執地相信愛是真理，
然而卻無法被謊言延續那些相信的瞬間。

你說只是因為不愛了。

事到如今，還是覺得你太溫柔了。
你明明知道只要任意捏造一個謊言，我就會義無反顧地相信你。

♦

下 落 不 明

> 我們還是沒有在一起。
> 我沒有哭，不過又一次失去了你。

他去了一個有你的城市，不曉得你有沒有見到他。

他和你一樣喜歡黑咖啡，喜歡陰天，喜歡恐龍和宇宙，喜歡所有未解之謎，然後也喜歡我。

可是啊，可是我們沒有在一起。因為他太像你了。

我每一次看著他澄澈的眼睛，我就想起你許願過要帶我去的倫敦和巴黎，我們要在大笨鐘前合影，然後在羅浮宮打卡。之後之後，我們還要再看一場流星雨。

他好像你，他眉頭緊鎖的樣子像你，露齒微笑時的模樣也像你。

我經痛，他幫我買暖暖包熱敷。

我工作量大，他陪我加班三天。

我買不到演唱會門票，他帶我去KTV唱了整夜的陳奕迅。
我生日，他買了花還買了包包，說要帶我去吃昂貴的燭光晚餐，我說我不喜歡，他好氣又好笑地帶我去吃路邊攤，陪我喝了一手啤酒還邊啃瓜子。

但是呢，我還是不喜歡他。
他說我有天總會喜歡他的，他會對我窮追不捨，他說一次不感動，十次我會心動。

你猜，然後呢？
我不是真的鐵了心，我看見他待我好難免會悸動，卻一次一次告訴自己只是因為像你，才能隱藏自己的心意。我不知道我究竟後不後悔沒答應，我看見他落寞的神情差一點軟了心，他卻比我早一步說沒關係。
沒關係，辦不到的事情，結不成的果，那也沒關係。所以他還是放棄。他和你一樣都選擇放棄——一步之差的距離。

我們還是沒有在一起。最後他去了你的城市，和你一樣在我心裡下落不明。
但我也沒有哭，不過又一次失去了你。

無題

如今我只能相信你。

同時帶來災難和救贖時，也帶來愛和宇宙。

生命的相遇皆有意義

> 我常常想到我們年老的樣子。
> 依舊相愛，在彼此的世界裡燦爛。

E出生在一個擁有許多愛的家庭。

上有兩個哥哥，他是最小的孩子，和哥哥有著懸殊的年齡差距，因此備受寵愛。
還有一位慈祥又開明的母親，一位樂觀又老實的父親。
沒有一間很大的屋子，但房子裡洋溢和樂融融的氣氛。

在他們家做客，他的母親總是會很熱情地招呼我，父親臉上的笑容沒有少過。
我時常在想，在這個家庭長大的孩子，一定對家充滿安全感吧，所以他成為了一個溫暖而善良的人。

有一天在飯桌用餐時，E的母親和我聊起他小時候的事情，而他獨自坐在一旁的沙發，沒有參與話題。

他的母親莞爾一笑，一邊回憶著過去。

她說，其實原本人生規劃裡沒有第三個孩子，比他年長的哥哥都已經長大了，而老天爺後來才將這個小小的生命帶來他們一家四口的世界，母親直覺這就是緣分吧，於是決定生下了他，用同等的愛撫養他長大。

她甚至打趣地玩笑道：「當時樓上的鄰居可想要兒子了，我們家裡有了第三個兒子，本來對方還提議想要換孩子，我當然拒絕了，親生的終究是親生的，他來了就是緣分。」

面容裡藏不住一絲喜躍。

他的存在，無庸置疑是個禮物。

E的母親說，他從小就是個黏人的孩子。兩個哥哥童年時，也沒有他這麼親人，小小的身子總是跟在大人的身前身後轉來轉去，見不著人就哇哇大哭。

我瞄了他一眼，鎮定的面容上看不出半分神色，我笑了出聲，想像童年的他該有多可愛。

後來，他的母親拿了一張舊相片給我看，那是他幼兒時期的

模樣，有吹彈可破的肌膚，圓潤清澈的黑色雙眸，微嘟的櫻桃小嘴。

我看得出母親臉上的驕傲，她自滿地說：「妳看，他小時候很可愛喔！」

「對啊，小時候就很可愛了。」

我不由自主地感染了她的快樂，我們就這樣天南地北地聊著。

話題結束後，我和E一起回房休息。

他沒有看我的眼睛，有點不好意思地說：「我媽媽又跟妳分享了好多，她以前不會主動和人分享這麼多的，可能真的很喜歡妳吧。」

我笑了笑，撒嬌似的從他的身後環抱著他，想起他母親方才說的一番話，我用無比柔軟的語氣說道：「你知道嗎，我是真的很高興你來到這個世界上。」

像他時常把「有妳真好」掛在嘴邊，彷彿我是他生命裡的幸運星，他很感激我的出現，於是把我當成手心裡珍貴的寶貝。

我也是這麼想著。

在最陰暗的歲月裡，遇見了一個如此晴朗的人，再漫長的陰雨連綿也會雨過天晴吧。我是這麼深信著。

雨後初霽，萬物將會復甦，生命重新有了朝氣，曾有的空曠與

寂靜，都有了美麗的鄉愁。
與你度春光明媚，見鳥語花香，不過就是我的理想。

很高興你願意陪我一起生活，無論好壞，都一起過。
親愛的，謝謝你來到這個世界上。
是你讓我相信了，這個世界的相遇皆有意義。

｜｜｜｜｜｜｜

在那之後，我突發奇想地想寫一封信，給剛出生的他。

親愛的E：

嗨，歡迎小小的你，來到這個世界上呀。

想先恭喜你，再過二十四年，你就能遇見我了。
遇見我之前的這幾年，你也要好好地過喔，好好保護自己、愛
自己，不要受到任何傷害。盡情地去感受生命所帶給你的感動
和喝采，不要畏懼挑戰，不要逃避緣分，萬物的相遇都是有意
義的。
就像有一天，我會找到你，你也會找到我，這般而已。

怎麼寫這封信給你莫名地想哭呢？一定是因為感動的喜極而泣吧。

雖然剛出生的你並不識字，但希望當你長大了，能用清晰的口吻讀出上面的字、認得我的名字，那個時候我一定也會十分感動。

說到這裡，你知道嗎，你其實有個很好聽的名字，是愛你的家人幫你取的。

我常常說很羨慕你有個特殊的姓氏，而不像我是個傳統的百家姓。

你的第二個字代表的是「善」、「開始」，第三個則是形容「男子的美稱」。

這些你長大後寫到習以為常的字，其實各有浪漫的寓意，一定代表家人對你有很深的期望和愛戴。

我不在你身邊的年歲，請別擔心，你不會孤單。

這一路上你會遇見許多貴人、愛人、友人，他們會陪你品嘗人生的酸甜苦辣，然後經歷聚散離合，教你認識這世上不同的情感，學習如何與人相處和生活。

而我也是在自己的道路上努力著，說是為了遇見命中注定的誰實在太矯情了，但請容許我這麼說，儘管是為了滿懷期待的長大也好。

因為我已經預先知道了，我們注定會相遇的。

在某一年，在適合的時間和地點，有著相同的笑臉，沒有遺憾和抱歉，我們會在彼此的生命裡出現，促成一段美好的相遇。

能說上是剛好的時間嗎？
我不知道。但我知道，接下來的人生還很漫長，清楚明瞭自己想要的選擇，有了願意共赴未來的人，擁有一顆年輕不世故的心，已經是很美滿的一件事了。
我很想跟你談未來，不過對現在剛出生的你，說這些都太早了。
等你長大了，我們用餘生來一場熱烈的長談，你覺得怎麼樣？
一直到白髮蒼蒼，我都會願意與你這樣交談，帶著笑容和幸福，同時有了感動和滿足。

說了這麼多，其實也不過是希望你能滿懷期待地看待自己的誕生，對未知的世界保持著好奇心，慢慢探索、慢慢深究，慢慢了解自己，慢慢愛自己，還有你的生活，你的一切。
你是在祝福之下長大的。

至少我是抱持著這樣的心情，在和年輕的你說著這樣的故事。
如果你想知道更多，就來找我吧。來見今年的我，夏天還有很多口味的冰淇淋還沒吃到呢，冬天衣櫃裡還少了一條喜愛的圍巾。
應該說，那些錯過和缺憾都沒有關係，只要你如約而至，我們的未來就還能完成好多事。

最後，謝謝你出生。謝謝生下你的母親，給予你如此珍貴的
生命。

往後的每一年，請你平安，請你幸福，請你無論有沒有想起
我，你都要好好的。

好好吃飯、好好睡覺、好好生活，好好地知道，你有多重要。

| | | | | | | |

然後，我要對今年的你說。

謝謝你真的遵守約定地來見我，和我相遇，和我相愛。

這真是太好不過的事情了。

♦

我怎麼落下不重要了
我知道他沒有
來接住我

可能不是必要
但我還是想知道
是什麼原因讓他遲到

我寧可相信他只是遲到
不是不在趕來的路上

碎了一地

自欺

———

總是不會拿捏傷心的使用額度
每一次哭都耗盡全力

總是忘記你有歸鄉
所以幻想自己是你的家

視角

————

我寫詩你讀詩
你喜歡生活是生活
我喜歡墨裡有你
詩裡有愛情

險境

———

出口在那裡
早就有光了
問題在於要不要一起走而已

你總是把我留在險境
然後說下次會來救我
而你只帶來災難
謊言也是你給的糖
我只是相信得比較絕對

神如果給我懲罰
也只是責備我讓你走進我的王國
你說要死也要埋葬在一起
要活也要一起活下去
誰教我們是彼此的呼吸

一起活著，一起死過
好像患難的感情就比較珍貴

不能一起走的時候
還是會原諒你離開我

學不會專情

有時候怪自己花心
你的每個樣子我都好喜歡

離家出走

你說月亮是你的家
於是一個秋天的背影
被你手中的菸燒出一個破碎的黑洞

我把野花送給你
別在襯衫上
奔赴遠方時也請記得帶走我

儘管知道沒有抵達的地方
沒有水和養分
但甘願和你一起
任性地活

他們都是難過的人

你可以假裝很樂觀
也可以相信自己很勇敢
你可以有淚不輕彈
也可以原諒自己會不安

你知道蠟燭沒有辦法燒完整個黑夜
行李箱沒有辦法帶上自己去遠行
下雨的時候即便穿上雨衣
還是會粉碎一地

已經不再平坦
每一次哭的時候都在慢慢變皺
試圖把所有無病呻吟寫成詩歌
才開始被敬重

生命的路突然變得好窄
只是一個眼睛那麼簡單
想哭的時候從縫隙看去
只剩悲傷的輪廓

空白的情書

眉眼是告白
四季是思念
沒開口的是喜歡你

想寫點什麼留下來給你
後來才發現
留不住的是我自己

睡眠習慣

對不起呀
愛人

比起記得你
忘記你更辛苦一些

把合照的相片平壓在枕下
沒有其他意圖
其他人不用明白我
只是想要今生都與你相關

CHAPTER 2

濕氣

你住的城市很潮濕，一年四季也時常下雨。
每一次去見你時，我都會提醒自己要多帶把
傘，天空和你一樣陰晴不定，不像我住的地
方萬里無雲。

你問過我要不要搬去你的城市，和你一起
生活。
一起生活聽起來多浪漫啊，但我沒有答應。
想到不會放晴，總覺得有點可惜。

一起被大雨淋得濕透的那天，你也沒有烘乾
我的心。
那麼狼狽才能愛你，我不願意。

換個姿勢擁抱你

放心，
你醒來時，我會讓你看見我擁抱你。

我習慣躺在你的左側，靠牆的那面，背對著你睡。

有時候你會從身後把我摟進懷裡，低頭埋進我的頸窩，洗髮精的味道彌漫在你的鼻尖像是催情的迷藥，然後你會輕輕在我耳畔呵氣，你知道耳朵是最敏感的弱點，被你撫摸過的肌膚總能輕易燃起慾望的火苗。

你喜歡女人為你臣服，照著你的指令，所有的陷阱都在暗示你的危險。
所有性愛的發生都是為了確認愛，你明白，我不會反抗與愛有關的一切。

撿起床邊遺落的蕾絲內褲，重新把頭髮梳齊，鏡子裡的自己還

是完好無缺，唯獨食指的紅色指甲油又脫落了。
有一點不完美無妨，因為男人已經闔上眼了。

我吻了你的眉角，然後暗自和你道聲晚安。
放心，你醒來時，我會讓你看見我擁抱你。

在不愛以後

在不愛以後，
容許我還能回憶從前愛過。

在和你告別之前，我一直以為分開應該是兩個人之間的事情。
但其實不是的，不愛是當有一方已經全部回收，另一方給予更
多來極力彌補，也無法平衡。

從什麼時候開始感到不幸福的呢？
我從來不覺得你離開我了。

每天我們還是睡在同一張床上，枕頭是成對的花色。
清醒時會用同一條牙膏洗漱，電動牙刷還是我們一起去賣場
選的。
吃著同一家距離街口五分鐘的傳統早餐店，我記得你總是喜歡
玉米蛋餅加番茄醬，吐司切邊不要加生菜，奶茶去冰。
沙發上的毛毯是週末我們追劇時的必備品，但你總說那條太小

了，冬天該換又大又溫暖的新毯子，但我卻認為這樣才能刻意
與你溫暖的身子貼得更近一些。

我們曾經考慮領養一隻狗，那是你從小的夢想，好不容易有了
自己的住所，卻擔心我容易過敏的體質而不了了之，你只說我
們每次捐款給流浪之家也是換了方式在飼養更多毛孩子。

我從來不覺得你離開我了，我們的生活是如此貼近，卻偶爾感
覺疏離。

好像是當你說沒有愛的那天嗎？那天晚餐是外帶你最喜歡的那
間咖哩飯，月底店家就歇業了，但你說沒有也沒關係。

我好像也是那時候，成為你的沒關係。

生活一成不變地上演平凡時，我從來沒懷疑過你會是地裂山崩
的動盪。

世間本是愛憎無常，你的存在只是短暫的謊言。

很遺憾的是，在你不愛以前，從來沒給過我選擇的機會，你
領導著主動權。

分手只是履行告知的義務，你知道就算我有再多的努力都無法
兌換轟烈的曾經，當感情只剩下虛有其表的空殼，也勢必代表

著一段關係將要面臨結束。

我不接受又能怎麼樣呢？我留下你又能怎麼樣呢？感到可惜又能怎麼樣呢？

當你沒有關係的時候，我也只能笑著說沒關係。向來都是這樣的，我們曾經能成為一體，也隨時會面對分離。

在不愛以前，我們試圖寬恕過對方的不好，也曾哭著相擁和好，我們把對方當成全世界，我們令人稱羨，也嚮往成為彼此的光。

在不愛以後，那些合影、那幾首歌曲、那幾封情書和幾句客套的對白，都是為了告別對方從自己的生活中抽離，從今以後好好開始過新的生活，享受無關的自由。

告別以後，我們要祝福彼此不要成為那滴最苦澀的淚水。

告別以後，我們要祝福彼此不要成為注定孤單的那個人。

告別以後，我們要祝福彼此不要成為無法如願的新生活。

最後，在不愛以後，容許我還能回憶從前愛過。

◆

等 待 的 時 差

> 那樣的等待並沒有錯，
> 錯的是遲到的我。

時隔許久，再次打開社交軟體，才發現我們曾經也有過不少合
照，還有共同許下的約定。

整齊收妥的每天，記憶裡還可以翻閱你的笑顏，深刻烙印在骨
子裡的幸福，不會因為時間而不見。很重的回憶，放了好幾年
以後，它只會變成沉澱在玻璃杯底的物質，輕輕晃動就可以再
次浮現──在一起的點點滴滴又歷歷在目。

分開這麼多年，那個時候你說，無論多久，你都願意等我。

但你知道其實你不應該這麼說。

像我這麼貪心的人，只會希望你沒有期限地等待我，持之以恆
地想念我。

雙向的約定我們都沒有完成，單向的承諾也是沒有保障的。

後來你有沒有等我，像我們每一次約會時，你都會記得多買一份早餐來見我，也從來不催促我化妝打扮，你只是站在熟悉的老位置，相信我會在時針走到十一點鐘時出現。那樣地等我。
一成不變地等我。

那樣的等待並沒有錯，錯的是遲到的我。
所以我也沒有理由責備，那些太習以為常的生活，最終都不屬於我。
我一點都不會知道，當時你的耐心是因為愛我，後來你的厭煩是因為不愛我。

我太晚知道了，我太遲來到了。
我們只有那個現在，而沒有後來了。
所以就算有再多的時間，都存在相異的時差，我們等不到一起走。

沒有好起來那天

> 我們會一直好好的，
> 但我們好不起來了。

你過得好嗎？

好幾次想這麼問，但我知道這樣的詢問過於唐突，分別許久的
人不該顯露那麼蒼白的關心。

老實說，我曾經想過我們會走向很多種可能。

比如我們相知相守，比如我們分道揚鑣，也比如我們會用一輩
子去緬懷愛過但沒有結果的彼此。在所有選擇面前，你曾經可
以主導結局走向，而不是留下來被時間選擇。

只可惜當時太過年輕，當年我們都沒有勇氣為後果負責。

過了這麼多年，我也有更好的生活了。

或許是那些錯過指引我走向現在這條道路，但我並沒有因此不
難過一些。

那些遺憾和難受是事實,無法釋懷是事實,我曾經那麼一心一意地追求某件事物和某段感情也是事實。

然而沒有善終的,一輩子都不會不了了之。

也許,你也在向前了。

有時候我猜測,你和我沒有不同,我們都會因為遺憾而記得彼此,然後與不同的人過上不同的日子。

想和你說,我們會一直好好的,但我們好不起來了。

於是我跟著遺憾老去

你把風帶來了，然後隨著它走了。
遺憾沒辦法癒合的時候，我相信你存在過。

「總是把你的好當作理所當然。但你沒有告訴我，你已經一無所有了，當你把僅存的東西統統給了我，你就會離開我了。
我很遺憾，在我最快樂的時候，忘了問你是不是也快樂。」

一場很大的雨，把我洗乾淨了，然而卻把滿地的樹葉弄得渾身淤泥。
我撿起了重疊在一起的兩片葉子，上面乾淨的是我，下面污穢的是你。
你沒有說話，為了不讓我獨自跌落，所以你比我更早墜落。那是逼不得已的，因為我從來不怕痛，身上沒有任何一處悲傷能與你的傷痕相提並論。

後來你再也不會因為一陣大風而離開大樹了，不是所有的葉子都願意隨風飛舞，大多是因為他們的心還沒有學會安定。

如果當時，我接下了你的不安、你的失落、你的泫然欲泣，是不是不會造成今天慘澹的結局。
我最後仍舊學不會怎麼對你好，怎麼善待你的善良和溫柔，只學會了在後悔和遺憾中，跟著漫天飛舞的樹葉輾轉老去。

∣∣∣∣∣∣∣

實在太遺憾了。
最後一次幫你慶生的那天，我忘了穿上你最愛的那件酒紅色長裙。

看著你吹蠟燭的表情，我總想著下一次吧，下一次你生日時，我會提前訂好莓果口味的蛋糕，不會再讓你期待落空，連你的生日禮物都來不及準備。
但你那麼溫柔，沒有一句怪罪，沒有一字失落，只說我能記著這樣的一天、留下來陪你已經足夠。

後來，我寫了一張卡片，卻忘在抽屜來不及給你。
我應該當天要交給你的，但錯過的東西彷彿像是過期的、被丟

棄的，毫無任何價值與意義。

那我該不該給你呢，你收到還會開心嗎，還是我該給你更好的東西做補償。

想呀想呀，那張塵封的卡片還是遲遲沒送到你的手上。

等到下一個秋季的時候，早已跟著記憶陳舊。

後來，我買了一件白色高領羊毛衣，想著冬天到來時，你穿起來一定很好看。

結好帳，看著店員小心翼翼地把精心挑選過的期待平整放入紙袋裡，再貼上精緻的燙銀貼紙，帶著笑容交付給我。原本一件輕盈的羊毛衣在我手裡頓時沉重起來。

一直到家裡我才發現，我是忘記了，在冬天來臨之前，你早已離去。

我還來不及問你為什麼。

來不及問你為什麼不等我完成承諾，我說過等天涼了要為你添件衣服的，我說過會補償給你蛋糕和卡片的。

我很遺憾，我只是說著說著，你聽著聽著，後來我們就慢慢走遠了。

你總是記得我喜歡溫奶茶，所以每一次在超商買的奶茶都記得加熱。

你知道我喜歡酒紅色，所以買了高雅的長裙和耳飾給我。

你學著我看日本節目、喜歡日本的美，你還帶我去見了一場難忘的日本雪。

你總是什麼都為我想、為我做，只擔心在有限的時間裡不足夠把最好的都給我。

而我什麼都還沒為你做。

你喜歡的演唱會因為我加班而錯過、你存了好久的錢想買的遊戲機最後成了我頸上的珍珠項鍊、你一直想走訪的那間餐酒館一直到歇業了我們都還沒機會去。

我對你有多差勁呀，可你總是愛著包容著這樣肆意妄為的我。

看著你對我好，我也相信了有些付出是不求回報，但只是一次又一次讓你的真心換來了隱忍的傷心。

會有人對你更好嗎，會不會有人能善待你的好。

會不會有人比我更用心聆聽你的生日願望，只是一件平凡無奇的小事情，我卻始終沒做到。

失去你之後，我是抱著遺憾一天一天地老去，像逐漸枯萎的月亮和低垂的花。

我老了，卡片和羊毛衣都老了。

我想起年少的你仍然那麼鮮明，笑起來沒有任何皺摺，你把風帶來了，然後隨著它走了。而我卻忘了和你說，我好遺憾沒和你在大風裡抓住一片飛舞的樹葉。

如果當時抓住了那片樹葉，你是不是就不會那麼傷心，那麼堅決離去了。

這些年的歲月，我撿起了好多片樹葉，沒有一片樹葉會跟我說，我的遺憾能把你帶回身邊。

相隔萬里卻永遠牽掛

> 她還是會這樣地喜歡他。
> 這樣為了不足為奇的小事而高興,
> 這樣為了彼此的萬里之遙而傷心。

「如果你不喜歡我,不要讓我等你,好嗎,好嗎。」

∣ ∣ ∣ ∣ ∣ ∣ ∣

時隔七年,我在抽屜裡找到了當年埋藏的時空膠囊。

那是一封寫給自己的信,字跡青澀,七歪八扭。

一直都記得,記得自己曾經揮霍時光,義無反顧地等待一個沒有結局的男孩。

我不怪他沒有看向我,是我膽小地將情感隱匿起來,我不能指責他辜負我的青春。

可是那時年紀小的我們,怎麼承擔得起那些連大人都會痛徹心

扉的失落和失望呢。

現在我已長成大人了。

好像那些渺小卻沉重的日子，沒有抵達的目的，就沒有辦法滿懷希望地向前。

不管是什麼階段，即便長大成人，前方路上永遠都留存思思念念的一盞明燈。

我想，可能在我看著他的同時，他的眼睛也正在看著另一個她吧。

｜｜｜｜｜｜｜

其實她是知道的。

他根本就不愛她。

可是他從來就不會待她小氣，對她的溫柔可以無限給予，以朋友的名義合理地給她過度的愛與關懷。

那種稱不上愛情的。

也不是第一次了，他總是把「我們真適合在一起」這樣的話語掛在嘴邊，只因為他總是深信彼此不會失了分寸。至少他不

會，但他不知道她會。

她會想相信那些話沒有開玩笑的成分，她會想相信他們真的能
在一起，她也會想相信他有朝一日能喜歡她。
她會以為那些好、那些包容，那些溫暖與善良都是為了她，但
事實上那些卻是她不能占有的。只是她的自作多情。
他可以總是輕描淡寫，可以總是肆無忌憚，那也是她允許的。

她哪裡不想要很勇敢地表白呢，說她需要他，說她喜歡他，說
她愛他。
但他能聽得懂嗎，或許又是當玩笑話，他們之間的玩笑話多到
她無法辨別眼前的少年是不是真實赤裸地向她坦誠。但她早就
把全部的自己毫無保留地交付。

她哪裡不渴望他也有一點喜歡自己，所以長年來才會寸步不離
地陪在身旁。
但她知道，在友情的範圍裡，她很重要；在愛情的領域裡，她
不及格。

如果可以回到過去，回去看著那雙不帶理解和憧憬的眼睛，或
許這個不屬於她的少年，就不會那麼令她痛心了。但她始終做
不到。

他對她越是理所當然，她就越是誠惶誠恐。
害怕有朝一日會失去他，更害怕日積月累地習慣他。

其實她也很想知道，那個男孩。
那個男孩會不會有一天成為她的如願以償，而不再事與願違。

就算知道只是一廂情願，她也沒有辦法不喜歡這麼好卻又這麼
殘忍的他。
那樣平靜無波的歲月裡，要不是有一個如此牽掛的男孩，她該
怎麼不顧一切地努力向前。

她還是會這樣地喜歡他。
這樣為了不足為奇的小事而高興，這樣為了彼此的萬里之遙而
傷心。
這樣地喜歡他。

無家可歸

> 「我無家可歸了。」
> 「我會給妳一個家。」

久違地面對既陌生又熟悉的心理醫生，明明已經不是第一次，
但每一次在他面前慢慢掏出自己藏在內心深處的慌恐不安，都
像第一次。
還是那麼強烈和恐懼啊，面對太殘忍了，但不面對的話，拖著
這個疲憊又沉重的身軀，永遠無法前行。

走出診間，依照慣例的領藥，然後離開診所。
他在我身邊，只是牽緊我，看著眉頭緊鎖的我，一聲不吭。

他知道我很難過。而一想到有人願意陪伴在這樣的我身邊，眼
睛就越來越悲傷。
無處宣洩的情感，就這樣一湧而出。

從前大家都是這樣離開我的，唯獨你沒有，今後你會不會離開
我呢？

「我無家可歸了。」我環抱著膝蓋，蹲在角落哭得很慘。
「我會給妳一個家。」你的聲音還是溫柔的好聽。

你應該知道，這不會是一個很好的答案。
但我喜歡。

孟婆的故事

> 選擇愛你、不愛你、記得你、不記得你、留下你、不留下你，
> 都是我人生的難題。

親愛的你：

我做過一個很真實的夢，夢裡的我似乎已經和你是不同的世
界了。

走過一條彼岸花盛開的黃泉路，路的盡頭會見忘川河，河的上
方有座奈何橋，和你曾在故事書裡讀到的知識沒有不同，這個
世界也是如此，只是你沒有提到那些花是沒有葉子的，那鮮紅
彷彿飽滿欲滴的血。

橋的旁邊有一位老人，她叫做孟婆，死去的靈魂如果想要走上
奈何橋，就必須先喝下她手裡那碗孟婆湯。忘川河的旁邊還有
一塊三生石，那是一塊傳說記載著前世、今生、來世的石頭。

我佇立在原地，抬頭是深不見底的漆黑，低頭是手中那碗孟婆湯。你曾經說過，這碗湯的作用，便是讓人們忘卻生前的記憶，了無牽掛地離開這個世界，靈魂就得以重新投胎。心裡曾惦念的愛恨情仇、悲歡離合，都會在一飲而盡後煙消雲散，包含所有人、所有事，都會像被格式化後一乾二淨。

還沒喝下那碗湯，我就醒來了。醒來之後第一個想到的是你的臉。
後來我不斷地思索，是我不願意喝下那碗孟婆湯，還是只是還沒來得及喝而已呢？
如果是前者的話，這個世界上，是不是還有許多我不願忘記的記憶和人類呢？
我的腦海迅速地轉過一遍，又想起方才第一個想見的你。

如果那個時候在忘川河的只有我，那徒留在人間的你會不會孤單？如果你已經提前走過了奈何橋，那你是真的了無牽掛地離開嗎？
我不敢知道答案。
也不想知道生命其實只有片刻那麼短暫，我們隨時會分道揚鑣，走過相同的路，卻迎接不同的結局，南北相忘。
而我不想忘記你。

但我知道無論選擇哪一條路，我們都無法擁有順心如意的結局。

或許這來自心底恐懼的噩夢，也是在指示我有多害怕失去你。
我知道你現在就躺在我的枕邊，睜開眼就能看見，你衣服上濃厚的尼古丁也依然彌漫在我的鼻間。但是為什麼呢？我這麼害怕睜開眼看不見你，但明明所有證據都說明你在這裡啊，被恐懼支配的我卻無法指認你的形跡。
我寧願不要知道答案，無論你在或不在，只要答案還沒揭曉，我就能相信你是真的不會離開。

如果有一天你真的要離開，也不要讓我知道，你可以讓我猜忌、讓我懷疑，就是別給我答案。
我不想要答案，我知道這不是一道謎底，只是人生的難題。

選擇愛你、不愛你、記得你、不記得你、留下你、不留下你。
都是我人生的難題。
但我沒關係。

天涯共此時

| 我愛妳，無論晴朗或陰暗，圓滿或缺憾，我都愛妳。

親愛的奶奶，展信悅。

今日是農曆八月十五，三秋中最浪漫的一秋，是人滿月圓的中秋節。

唐代王建在〈十五夜望月寄杜郎中〉中詩云：「今夜月明人盡望，不知秋思落誰家。」今夜的月色很美，但望月懷人的哀愁為這樣的日子蒙上一層沉靜的觸景生情之感，思念的哀愁彌漫在空氣之中。

過往的中秋節特別熱鬧，家家戶戶團聚烤肉、放煙花，而在今日看來，那些似乎都成為無法圓滿的遺憾。

今年的中秋特別寂寥冷清，恰巧碰上疫情的肆虐，更烘托了月夜的寂靜。人們無法盡情享受歡聚之樂，本來該是親朋好友齊

聚一堂的賞月、拜月、吃月餅、賞桂花的佳節，如今只能寄情他方。

今年已經是妳離開的第十一年了，而當年也是在差不多的時日，妳去了不同的世界看星星。過了十一個年頭，我還是會在這樣的節日，看著月圓想起妳。

忘了說，這也是暌違八年後，真正迎來的滿月。

實屬難得，我正巧提筆寫著這封信給妳。

即便沒有辦法親手捧著美好的月色送給妳，但我們此時應該是在天涯共相望吧？如同在張九齡詩裡所云：「海上生明月，天涯共此時」那般。古人太會以景抒情，寫下許多浪漫的詞句，而我卻只能把思念一點一滴的寄放在這裡給妳，但願妳閱讀起時仍然美麗。

親愛的奶奶呀，在妳離開後的好幾年，我改變了很多，很可惜這些改變等不到妳親眼見證。

我已經不會說出傷人的話語，懂得體恤他人的付出，並給予相同的溫暖與善意。年輕時太不成熟的我，總是對妳有太多鋒利的言語，卻沒有辦法把感謝之意傳遞給妳，然而日久越深，妳還是一如既往地愛我，用那雙被歲月填滿皺紋的手掌，擁抱年少時小小的我。

家裡的牆面上還掛著全家福的合照，奶奶在我記憶中的樣子，還是如此鮮明和美麗。儘管面容刻滿風霜的痕跡，但那雙深邃明亮的眼睛，還是滿是慈祥。

我時常在想，我能如此善良和柔軟，大概一部分都是遺傳自妳。紅棕色的髮色也是、溫柔說話的語氣也是、漂亮動人的明眸也是、樸實謙遜的個性也是。

而我也總是習慣，如果想妳的時候，我就會在每個晚上和妳低語無人知曉的心情。

我相信妳一定能聽見我的聲音，在我徬徨的時候為我指路、欣喜的時候為我喝采，默默地守護在我身邊，陪伴我老去。一定是這樣的吧，所以平凡無奇的日子裡，我才能知足喜樂的茁壯，在美好的愛裡長成受人欽羨的模樣。

現在是晚上十一點二十分，明月當空，那般皎潔的月光，灑滿希望的大地，漫天繁星相互輝映，是一番無邊風月的綺麗風光。

我的城市有燈火照亮，妳居住的地方，大概也是被眷顧的金碧輝煌吧。

我知道妳不孤單，在眾星拱月的地方，有很多人說故事給妳聽，而妳會把祝福降臨在人間長存。

這個世界既多情又善變。

但我愛妳，無論晴朗或陰暗，圓滿或缺憾，我都愛妳。

——H

＊註：篇名取自於唐代詩人張九齡〈望月懷遠〉一詩。

人間溫柔不過如此

> 溫柔並不是世界上最好的武器。
> 但溫柔是世界上難能可貴的真心。

1

溫柔是穿越代表靈魂的眼睛，讓破碎的星星成為熱烈的情書，
寬恕生命的所有不公平，原諒愛有所偏差的瞬間。
最後，用時間拼湊無形的語言，向生命告解今生的詩篇。

2

溫柔並不是世界上最好的武器。
但溫柔是世界上難能可貴的真心。

溫柔也不是與生俱來。
每個人都曾有銳利的一面，只是後來在漫長的時光裡被刻磨成

不同的樣貌，有些人刀工細緻，打磨得十分平滑，而有些人具備獨特的稜角，是為了防止被觸碰脆弱的傷。

但無論是哪種樣貌，都不會如同剛誕生之時那樣完整。

慢慢變小的是盛裝心臟的容器，想像每個人有不同的材質，有些如同玻璃那麼易碎，有些卻如同銅牆鐵壁一樣堅不可摧。然而，把相同的材質放在不同的環境生長，還是會有新樣本出現。

人類沒有毫無二致的外觀，盛裝心臟的容器也沒有。

有些人的容器天生很漂亮，不需要過度修飾，更無須經歷風霜雪月，他們會驕傲地說自己價值連城。

但也有些人的容器，在歲月的洗禮下，變得支離破碎，卻還是小心翼翼拼湊原有的美好，即使無法反璞歸真，但依然是珍貴的寶藏。

我想所有的溫柔，都是在乾涸的沙漠中，擁有一片蕩漾的湖底。

3

列出十個覺得溫柔的句子。

① 承認自己並沒有刀槍不入的軀體，
但擁有能被愛治癒的靈魂。

② 可以陪你流浪四方，也不介意老了就在你喜歡的地方成家。

③ 世間所有美好，都值得與你相提。

④ 吹過夏天的海風，還許下春天賞花的約定。

⑤ 時光落地生花，年華各自安好。

⑥ 你的任何模樣都值得被愛，你的千瘡百孔，雖敗猶榮。

⑦ 記得有生之年，要在一座城裡等一個人。

⑧ 別擔心。

⑨ 明天見。

⑩ 晚安。

4

讀過一句話，有時候會覺得人間美好不過是這樣的景象。

「你來人間一趟，你要看看太陽，和你的心上人，一起走在街
上。了解她，也要了解太陽。」——海子。

這樣的溫柔，此生足矣。

5

末日之前，還是要寫最浪漫的字給最溫柔的你。

味道

初吻有可樂的味道

第二次的擁吻我踮起腳尖
是蘇打汽水的味道

第三次用赤裸的身體記憶
纏綿的吻是啤酒的味道

第四次是什麼味道呢？

無關喜不喜歡愛與不愛
我心裡沒有排名
只要是你都是第一

第二人稱

你是海的孩子吧
你的瞳孔有澄澈的翠綠寶石
你的髮梢有波光粼粼的金碧輝煌
你的眉間會湧起層層疊疊的浪花

旭日升起的時候悲傷無所遁形
晚霞時分所有的喧囂都沉澱下來

我始終那麼信仰著
神是海的守護者
而你被賦予萬物歌頌的權利
才能把遙遠的月亮做為衣裳

那些沒有地址的漂流瓶
是能被一眼識破的欲蓋彌彰
當寄居蟹找不到屬於他的殼
也無須用肉身去抵擋燒灼
你是世間萬物的家
是我流連忘返的地方

曾幾何時這樣看著你
眼淚匯聚的時候
我也曾經是汪洋

在你家見面

穿你喜歡的花洋裝
噴你喜歡的五號香水
髮夾是第一次約會的那枚
鞋跟不超過四公分的剛好

敲門停在第三聲
蠢蠢欲動的心跳是表白的暗號
緋紅的臉頰是曖昧的預告
默契是為了貪婪更多同歡共樂的時分
而放棄昭告天下

值得和愛人在光天化日下遠走去流浪
但更喜歡在狹小的房間裡和你安靜擁抱

天秤的兩端

選擇在你不愛我的時候
不說愛你

比起違背心意受到的自我譴責
更無法原諒
誠實帶來的毀滅

不想失去的時候
無論是左邊右邊的填空
都只是迎合你的心意的設定

一半

逛超市的時候你騰出一隻空手
我問為什麼
你說一半要用來牽我

房間的排序你總是喜歡填滿右半邊
我問為什麼
你說一半是由我補齊

奶油口味的紅豆餅只剩最後一個
你對折
一半給我
我問為什麼
你說食物一人一半最美味

從來不會計較缺少的另一半
知道圓滿的時候總是
有你有我

一人交付一半的人生
是完整的餘生

同 舟

願欲言又止的言語
是為了恰逢時宜的溫柔

願幸福只是姍姍來遲
並不是沒有把握

願輕易地相愛
分開總是變得萬般艱難

願今生顛沛流離
有我陪你風雨同舟

自我防衛

受傷是為了學習更好地愛下一個人
你熱淚盈眶地說
你溫柔地相信這世界上不會有壞人

只要別人不傷害你就好了嗎？

可是多想告訴你
受傷也是為了避免再去愛任何人

這世界最好的人和最壞的人
不過是自己

不要離開我

已經所剩無幾了

眼看蠟燭就要熄滅
陽光照不進房間
日曆一天一天慢慢衰老

我沒有什麼能與你交換
只是想明白
你會不會就此
留下來陪我

你如果離開
把我帶走
不要離開我

矯枉過正

口渴的時候不一定要喝蘋果汁
寫字不一定要用右手
情書不一定沒有恨字
藥不一定只能治療一種病
擁有身體不一定得到靈魂

不是理所當然地在發生
世界的規律沒有你絕對
為此
我重複修正人們千篇一律的謬論

合理化你的所有行為
包括不能愛我

你知道嗎？
你離開的那天，對我而言就是末日了。

我把野花送給你
別在襯衫上
奔赴遠方時也請記得帶走我

深情是你在薄涼世界裡行走的底氣。

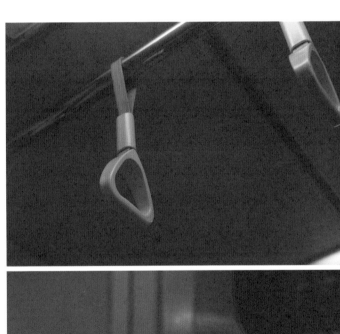

遺憾沒辦法癒合的時候，
我相信你存在過。

人世淺短，生命漫長，我希望你平安就好。
你平安就好。

願今生顛沛流離
有我陪你風雨同舟

失望的時候，不是淚流滿面地求你別走，
而是轉身離開後安慰自己不痛。

一起被大雨淋得濕透的那天，你也沒有烘乾我
的心。那麼狼狽才能愛你，我不願意。

CHAPTER 3

距 離

生與死是最遙遠的距離。

彷彿兩條無法橫渡的長河，只得兩兩相望。又或許好幾輩子以後，會兩兩相忘。

我沒有誠實地說，其實我好怕你忘記我。

看著我們擁有各自奔赴的人生，開始分隔兩地，還時刻提醒自己不能回頭張望。經歷過相遇，也經歷過失去，搖搖晃晃就這樣度過十幾個年歲。

我們有過約定，在白髮蒼蒼之時，拿著對方最喜愛的一張舊相片，只要有了想念，就到那棵花開得比別人慢的樹蔭下，等候另一方不約而同的念想。

然而，好幾次了，我怎麼也沒等著你。

你說，生死也不能將我們分離。但我們在命運的選擇下走散，如今能來見你了，卻等不到你的消息。

但無妨。

即使不知道你確切的座標在哪裡，我依然會在同個經緯度等你。

懼 高 症

> 像昨天一樣，什麼都沒有發生，
> 也像昨天一樣，什麼都正在發生。

有沒有和你說過，其實我很討厭雲霄飛車。

我討厭所有人發出刺耳的尖叫聲。

七十度斜坡之後會有一小段緩衝，那是在積累恐懼。

知道軌道不會偏離，知道阻力不會墜落，但人總是喜歡尋求刺激，然後在刺激裡對比平凡有多枯燥。

但每次看你玩得不亦樂乎、躍躍欲試，我總認為，或許該檢討的是我的恐懼。

我很喜歡和你一起搭摩天輪，在日落已經貼近地平線的時候。

工作人員總會帶著曖昧不明的笑容，眼神示意著——「這兩個人是情侶呀」，目送我們走進車廂。你也總會先伸手拉我一

把，讓我安心地忘記恐懼。

離地面越來越遠的時候，你體貼地選擇開了新的話題，輕輕握住我的右手，期望能分散我怕高的注意力。你說，你其實不常搭摩天輪，但偶爾覺得這樣的夜景也很絢麗。

我沒說我也是，甚至若不是因為你，我不會願意。

你喜歡熱鬧，喜歡人聲鼎沸掩蓋你的心緒，而我喜歡緩慢能被傾聽的平靜。

彷彿是害怕車廂裡空氣凝止，起伏的心跳太過鏗鏘有力，所以當星星綻放時，我沒邀請你去看明年的流星雨。

因為害怕而否定，因為恐懼而遲疑，也因為距離讓我們無法接近。

我也不太確定你到底喜不喜歡星星，數億顆星星中我甚至喊不出它們的姓名，如果有一顆停止發光，遲鈍的我應該也不會懷疑。

這個宇宙有幾千億個星系，而每一個星系都是數十億顆恆星組成的，這麼高深的學問我不想究明，歷史進程和我們一點都沒有關係。但瞬息萬變當中，某一天我們都會成為孤立無援的碎片，只能趁著發光的時候被看見。

這些都沒有改變過，我沒有改變，你也沒有。但勇敢一點好像
能改變什麼，比如說墜落的速度，比如說發光的亮度，比如說
相愛能不能締造奇蹟。

我為什麼沒有跟你說我很怕高呢？而你為什麼總是如此篤定地
知道。

我很後悔我沒有親口告訴你，所有的相信都會從而變成沒有證
實的贗品。
我和你說我想去遊樂園的時候，其實我有機會能告訴你，然而
我沒有那麼做。

我沒有那麼做。

回歸地平面的時候，怕高的我甚至想回去高空的瞬間，然後再
勇敢地吻你一遍。
其實你給過我很多機會坦白，然而每一次都是我延遲到下一次
的見面。
拉鋸會相互抵銷相愛的可能性，我明白，但或許這次是你願意
享受平靜，而我正在冒險中等待刺激。

你還是不會喜歡摩天輪，但你喜歡我。我喜歡你，但我不會選

擇雲霄飛車。

不過我們還是能一起去遊樂園。

像昨天一樣,什麼都沒有發生,也像昨天一樣,什麼都正在
發生。

我還是會用三支冰淇淋融化的時間,陪你排長長的隊伍。

等我克服懼高症的時候,我也不會假裝矜持而拒絕你每一次
邀約。

只要那個時候,我們都還是彼此的星星,我就不會吝嗇愛你。

談夢想

| 妳煮咖啡的時候，我就幫妳烤蛋糕吧。

「妳的夢想是什麼呀？」

「我的夢想嗎，應該是在某個鄉村小鎮上，開一家種滿花草的咖啡店吧。店裡種一些薄荷草，養一隻橘色的流浪貓。我希望牠很親人，能讓旅人都有回到港口停靠的歸屬感，治癒那些受傷的靈魂，交換彼此的故事。巷口應該會飄散著雞蛋糕的奶油香味吧？幸福的味道往往是甜的，可以因此邂逅已經是很浪漫的事情了。」

「很不錯的夢想啊，很像妳會做的事情。」

「那你呢？」

「妳煮咖啡的時候，我就幫妳烤蛋糕吧，妳不是已經幫我規劃進去了嗎？」

「妳的夢想就是我的夢想啊，我沒有其他願望了，有的只是陪妳實現。」

132

◆

133

給餘生的情人

| 我理想生活的前提，一直都是你。

親愛的E：

你想過十年後的未來，會是什麼樣的景象呢？如果那時候我們還在一起，大概也是一對熱愛逛賣場的情侶吧？啊，說不定那時候我們已經是一對夫妻了。

我們曾經說過，等共同基金到達目標時，要一起買一幢房子，就算在很偏遠的地方也沒關係，因為我們還會買一輛車，你說你會當我一輩子的司機，每個週末我們都會去旅行，無論是第一次約會下雨起霧的九份，或是大橋頭騎著單車吹風的河堤，還是約定要一起野餐的草原，我都會和你一起。

關於我們的房子，應該是三房一廳的溫馨小屋吧？你知道我以前沒有生孩子的打算，但現在想要和你共組家庭。說不定未來

我們的生活中會多一個小男孩，你會每天早起陪他刷牙，讓他穿上你喜歡的那雙球鞋、戴你喜歡的那頂帽子。要是生了個小女孩，那你應該是全世界最寵她的男人了，就像寵著我那樣，要幾球冰淇淋你都會為她買、半夜睡不著覺你會唸童話故事給她聽。

對了，地毯就選你喜歡的煙灰色吧，但不要長毛的，如果以後我們領養了一隻柴犬，牠可是很會掉毛的調皮鬼。我們先約定好，每個星期五的晚上八點，一起帶牠去附近的公園散步好嗎？我會牽繩，你會牽我。

星期一我們在家挑一部喜歡的影集，星期二輪流挑一間對方喜歡的餐廳，星期三要有一場熱烈的性愛，星期四來一場不分軒輊的電動對決吧，星期五剛説什麼？你沒有忘記吧，要帶我們的柴犬去散步。每到週末就一起去旅遊吧，總覺得一個禮拜只有七天不夠用呢。
不，應該説，總覺得和你共度的餘生不夠用，我是不是太貪心了？

你問過我，和你生活的日子會不會很無聊。我一直沒有很明確地告訴你答案，因為答案在我的餘生裡。有人説，兩個契合的靈魂，怎麼樣都不會無聊，因為他們是互相吸引的。對於別人

來說你是平庸，但對我而言你是絕無僅有。

你能明白嗎，人生短短幾十年，但我們已經過了多少個春秋。

每個人都會選擇自己想要的生活，而你是我的選擇。

未來是我們的，你是我的，我是你的。

以後我也還是想這樣和你在一起，浪漫的、悠閒的、任性的、自由的、愉悅的，或是偶爾需要流淚也沒有關係，我甘願這樣與你一起，慢慢地過完一輩子。

我理想生活的前提，一直都是你。

寫給情人，寫給餘生。

——H

♦

恆亮的意義

| 妳想完成的事情，我都會陪妳一起。

親愛的H：

許久才回信給妳，希望妳不要介意。

一大早看了手機的氣象預報，上面說今天會有午後雷陣雨，雖然還不到需要叮嚀多添一件外套的氣溫，但還是想要提醒妳，出門記得多帶把傘，我知道沒有這個習慣的妳總是只能找地方避雨，著急時還會魯莽地去淋了一身濕，我總是很無奈妳的粗神經，但正也因為如此，我比平常更多時間在掛心妳。

說妳像個孩子似的，在我眼裡真是如此。

妳總是對很多事情保有新鮮的好奇心，無窮無盡的問題像是百科全書也不能解答妳，好笑的是某一個夜晚妳打電話給我就僅是為了想確認「沒有翅膀的昆蟲從十四樓墜落會不會受傷？」這樣對生活無關緊要的問題。妳的善良和細膩，體現在一些不

常見的細節裡，我卻覺得這樣的妳有著單純的可愛。

但有時候妳又像個小大人般，缺少天馬行空的想像時，妳會無
比認真的去做好每一件事情，在妳熱愛的事情上發光發熱，那
樣的妳也很令我著迷。

妳有著自己的主見，在我們探討某一件事物時，妳不會一味的
跟隨我、附和我，而是為我分析選擇的利弊，思慮事情的發
展。明明比我晚來到這個世界，卻彷彿像是經歷過多次世俗的
洗禮，有著成熟的談吐和作為，那樣的妳也很帥氣。

說了妳很多的優點，那是因為在我眼裡妳其實很完美。

無論妳覺得自己有多不完整，但在我心裡不完整的妳，也是好
的妳。

妳喜歡暗自和別人較量，欽羨那些在妳身上自卑的地方；喜歡
得到誇獎與讚美，來滿足自己的自信心。但為什麼非得從別人
身上才能知道自己的好與不好呢？妳的好與不好，從來都是該
由妳自己評斷，而不是別人的言語和眼光。

如果妳覺得自己好，這個世界上再也沒有人能說妳不好了。

因為妳會為了活成更好的樣子而拚盡全力去努力，為了自己，
不迷失在雜亂的耳語裡。

妳明明是知道的，我有多為妳驕傲。妳有自己獨特的漂亮、健
全的家庭、熱愛的才華、善良的個性，在愛之下長大的妳，像
是有與生俱來的祝願。

雖然我知道妳曾經受心魔所苦，也經歷過一段不是那麼晴朗的
日子，但妳都風雨無阻地走過來了，儘管千瘡百孔，但妳沒有
因此自暴自棄，妳還是那麼的堅強和溫柔，妳有自己的強大和
勇敢，那也是別人看見妳的不凡。

但我喜歡妳，不是因為妳比別人多擁有些什麼，更不會因為比
別人少些什麼而厭惡妳。妳就是妳。

在我眼裡，妳就是一顆恆亮的星星。

我知道妳想聽的是什麼，但這封信裡我不會寫上那三個字。

就像妳寫給我的信裡也沒有刻意提及那樣，我們都知道藏在心
裡的不是秘密。

能懷著一樣的心意寫下給對方的信，妳說這樣是不是也算一種
默契？

妳想完成的事情，我都會陪妳一起。

一起長大、一起變老、一起為未來構築美好的景象，然後一起
實踐它。

像我這樣務實的男人，能和妳這樣浪漫的女人一起生活，大概

也是一件特別好的事情吧。

因為有了想要保護的人，讓我好像也變得更勇敢了一些。

對了，如果妳待會出門忘記帶傘也沒關係。

和我一起，妳知道，我永遠會為妳遮風擋雨。

———E

虛假與真實之間

> 儘管知道世界本來就不公平。
> 但還是想要擁有一點點,哪怕只是一點點。

什麼時候開始有這種錯覺的呢?
大家都不喜歡我。

我多麼希望這只是錯覺。

我身體不好。記憶裡我的母親拿著一張又一張寫著我姓名的病
單、各式各樣色彩繽紛的藥丸,她說我的出生真是個錯誤。
我知道她不喜歡花大筆醫藥費在我的身上,但矛盾的是,只有
我住院的時候她才能避免看見我因病毒迫害而痛苦的臉龐,那
是她最不耗費心神的時候,她可以對我的痛苦置之不理。
我想那樣也好,我就可以看不見她厭惡我的表情。

我學習成績不好。我知道大人總是獎勵那些光鮮亮麗的孩子，他們生來頭腦聰明，他們是班級裡最有價值的寶藏，更是師長無形的榮耀。

他們可以優先選擇自己喜歡的座位，遲到不會挨罵，發表意見時比別人動聽。

他們得到的偏愛是我一直渴望擁有的。

我羨慕他們有更多的朋友，分組時總是不怕落單的寂寞，好像跟著優秀的孩子在一起自己也會跟著有底氣。

而我默默地坐在不起眼的角落，把自卑隱藏到泥土裡，不為它澆水、不讓它開花。

我外型不好。世俗的美應該是像那些光環圍繞的明星吧？有一頭柔順飄逸的長髮，走路時會散發十里的香味，水汪汪的大眼睛和無辜的臥蠶，臉蛋和巴掌一樣小，黃金比例的纖細身材。

每一次照鏡子，我就覺得自己真是平庸。說是不在意外貌，但世界總是會善待那些生來漂亮的女孩。

她們能不費工夫地被注目，更能贏在起跑點的被喜歡。

既然不是那麼美好存在的我，要多努力，才能被喜歡呢？

大家都有各自的祝福。

那我呢，沒有人喜歡的我，也能擁有祝福嗎。

儘管知道世界本來就不公平。

但還是想要擁有一點點，哪怕只是一點點。

你能告訴我那些只是真真實實的錯覺，而你是真真實實的喜

歡我。

不是為了別的理由，只是因為我是我。

1
4
4

◆

1
4
5

月亮墜入海裡了

我多希望月亮不要不見，
我多希望她能一直在我身邊。

「她的眼睛是月光，總是溫柔明亮，但我知道今夜過後，她再
也不會發光了。她如果掉進海裡，那麼我再也沒有拉開窗簾的
必要。」

| | | | | | |

「我快要墜落了。」

我想起她的笑容，那般令人心碎。月亮要掉進海裡了，然而我
救不了它，十年後也撈不起它。
我想和她說，如果再也睜不開眼睛了，那妳抱我最後一次吧。
以後妳若不知道路怎麼走，妳也不知道我在前方等妳了。

對不起，我沒能接住妳。

｜｜｜｜｜｜｜

她坐起身，隨性地披上白色睡袍，走到陽台點燃一根菸。
一根菸的時間，不足夠我看膩她。
她那麼美麗，她是我見過最完美的女人了。

她什麼時候瘦了呢。她的腰窩真好看。
做愛時她總會看著我的眼睛，然而這次沒有。
Delia變得憔悴，我能看見她的月亮正在墜落了，然而她只是
讓月亮加速脫離原軌，等到沉沒海洋時，她就會變成破碎的
月光。
又或是她的光都會熄滅，像她手裡那根菸。

我望著她的背影，一聲不吭。
是她先說話，沙啞且哽咽。
「Alma，妳以後把窗簾拉上吧，月亮太亮了，我怕灼傷妳的眼
睛。」
我沒說話，她接聲：「妳能相信嗎，我不會愛那個男人的。」

她走回我身旁，坐在床沿，心不在焉地撫弄我的髮絲。鼻間彌

漫著香菸及洗髮精混雜的味道，真不好聞。

背著月光，我更看不清她此刻的面容，她俯身，很輕地在我額頭留下淺淺的吻，緩慢游移至我的眼睛、鼻子、下顎、頸項，然後我制止了她：「我不想要了。」

「可是我沒有東西能留下來給妳了。」Delia說。體溫是她唯一能留下的。

她的慾望並不強，比起總是向她求歡的我。所以離別的時候，她只想滿足我，把餘生不能給我的那些愛與疼痛都留在我的身體裡。

然而Delia不知道，我無論如何都不會滿足的，只有她知道我的敏感帶，也只有她能在擁抱的時候解開我內衣的最後一排扣子。

只有她能在吻我的時候，還記得深情地看著我的眼睛。

她的母親要她嫁給男人。能養家、能傳宗接代、能受眾人祝賀的那種男人。

而我並不是擁有那些期許的人。

這幾年來，為了堅持我們的愛，我和她都受了太多的苦了，她想留下來陪我生活，但我知道她不能留下來陪我生活。

她必須得到父母的愛與認同，她是他們唯一的孩子，也是他們

唯一的希望。

Delia，妳知道嗎，妳愛過我，已經是妳留下來最好的禮物了，我會用一生記得妳的。我不會嫁給那些男人，但我會用朋友的身分出席妳的婚禮，接住妳拋出的捧花，然後看妳和另一個陌生人相吻，看妳陪他許下海誓山盟。

妳不要擔心我，我會痊癒的。窗簾我不會拉開，我不會讓月亮傷到我的。
我會很堅強，我知道自己無法成為陪伴妳的最後一個人，但至少，我是妳最後一個愛的女人。

「Alma，如果以後別人問起我，妳該怎麼說？」
她躺在我左側，最靠近心臟的位置。我知道這是她最後一次抱著我了，天亮之後她就會走了。
我多希望月亮不要不見，我多希望她能一直在我身邊。

「妳聽過月亮的故事嗎。其實以前有很多個月亮，但末日之後，它們都掉進海裡了，只有一個月亮倖存下來。它每一次看見落在海面上的月亮倒影，都在提醒它要堅強、勇敢，做人們眼裡最閃亮的月光。月亮知道如果沉入水裡，就再也不會發光了。可是它也會孤單啊，它不想獨一無二，所以最後，它拋棄

了它的光，回海裡去找它的家了。」

Delia已經闔上了眼。

今後，她再也不會發光了。

◆

母親的口紅

> 想陪妳一起擁有接下來的五十年，
> 擁有四季，或是更久遠的人生。

母親的口紅是過季的商品，外殼的塗料斑駁，品牌的標誌也已經剝落。

我記憶裡的她向來不施脂粉。初次看她從化妝箱裡拿出那些陳舊的化妝品，是為了多年前參加的一場婚禮，她為自己梳妝打扮，手勢顯得生澀，那也是意料之內，畢竟她已經長年保持素顏。

她曾經也是個愛漂亮的小姑娘吧，就像正值青春年華的我，總喜歡呈現光鮮亮麗的一面，有形形色色的口紅、款式各樣的洋裝。但她現在已為人母，不僅收起那頭飄逸的長髮，隨意用髮飾盤在肩上，也不在自己慢慢衰老的容顏上，刻意遮掩眼角的皺褶。

相片上那個明豔動人小姑娘，如今已經在歲月洪流中，有了不同的面貌。

雖然已經不復從前有著吹彈可破的肌膚、神采奕奕的雙眸，但她心裡仍然住著從前那個她。

我那個如此堅強，為了家庭而犧牲奉獻的母親，在我心中是最美好的存在。

她生日的那天，原本打算買一只新上市的口紅，但發現她已經不需要了。

她說她想要最好的生日禮物，只不過是祈求孩子平安，我和妹妹都能開心無憂地長大。

母親，我已經長大了。

妳知道嗎，我已經有能力用自己雙手賺來的第一筆錢，為妳買一只妳喜歡的口紅。

但我也是長大後才知道，年輕時妳珍愛的口紅，在妳如今的人生已經可有可無了。

年過半百的妳，只心心念念這個家庭，全心全意地愛著這個家庭。

過去那個小姑娘有很多漂亮的獨照，但現在更多的是我們陪在妳身邊的合照。

想陪妳一起擁有接下來的五十年，擁有四季，或是更久遠的
人生。

我沒說出口的愛，永遠不會不足為道。

154

♦

155

你不明白的那種愛情

> 不動聲色地喜歡他，
> 已經是我做過最好的事情了。

單向的戀愛，是沒有盡頭的奔赴。

他不會來接住我，但他沒有拒絕我的靠近。
他不知道我的理想是他，如果他問我，我也會故作神秘地逃開話題，或是偶爾可以用輕浮的語氣說著真心的話，反正是哪一種他都不會相信。

想著只要能待在他身邊，就算不是期望的名義也沒有關係。
就算我偶爾會上網看星座速配指南、算塔羅時會想到他、下課故意從他座位旁經過、特別買給他的巧克力硬要說是送的、公車是反方向卻說順路。
小心翼翼地喜歡他，心甘情願為他赴湯蹈火，在他面前有很多小心思，卻佯裝都不是刻意。很多人說這樣的喜歡是很疲憊

的，但喜歡一個人的時候，哪裡害怕自己是卑微地守候在他身
旁，或是無私地付出自己。
因為是他都沒有關係。

不動聲色地喜歡他，已經是我做過最好的事情了。
就算沒有辦法與你談一場刻骨銘心的戀愛，至少在每一個心動
的瞬間，我都擁有過你一點。

我想和你一起前進，就算你不是把我當作目的，也沒關係。
因為你是我的目的，我所有的靠近，都只是因為你而已。

剩下的告解

你是我身體裡的秘密，
絕口不提的同時，你也是我心裡發芽的恐懼。

左手有幾道深深淺淺的傷痕。
其實有些事情是能被忘記的，然而這些傷疤像是觸景傷情的按鈕。

年輕時戀愛失敗並不是什麼可笑的事情，疼痛是留給自己告別的成年禮。
我們相愛時，這樣的情形三番兩次地出現。
只要遇見無法承受的難過，我就會在手腕留下記號，他一直都把這樣的習慣看在眼裡，然而他無法代替我疼痛，只能避免製造這些疼痛的發生。

「你如果再傷害自己一次，我們就分手。」
那樣的言論如同在戀情中拋下巨大的震撼彈，我深知後果的

嚴重性，那次之後，一直隱忍那些正在發酵的情緒，任由它們慢慢地在心底膨脹，哪怕向來沒有運作的器官還學不會完好地消化。

我一直很聽話，聽話到分手的那天。
我依照慣例地在左手腕留下記號，你離開的記號。
這些我都沒有向你說，也沒有機會向你說。

你會生氣嗎？你會責備我嗎？你會恨我嗎？我不敢猜測你會有的反應，分別之後這些都與你無關。

住院的那個晚上，我看了看慢慢結疤的傷口，流了半生的淚。
醫生問我身體還有哪裡會痛，我說沒有了，但很想說全部都好痛，彷彿你曾在我身體裡放入怪獸，你一離開就不受控制地破壞。
我想到你也曾經撫摸我的傷口，用很溫柔的語氣問我：「難道這樣都不會痛嗎？」
我回應：「它在痛的同時，有比它更痛的地方，它是為了分散痛覺而存在的。」

每當我為了拯救一處痛覺，就必須用另一個傷口來交換。
這樣的交易並不划算。傷口成形之後會記得它存在的原因，人

生也就這樣把不愉快給記錄下來了。

今年這個傷口已經滿五歲了，五年了，你住在我身體裡活到
今天。

我以為用這種方式記得你很浪漫，從來沒有問過自己喜不喜歡。
幸福的時候，也會難過自己有過陰鬱的眼淚，小心翼翼維護的
完美無缺，有的時候也只是表象帶來的平穩和諧。
那個時候我就發誓，不再留下任何一個按鈕，讓塵封的記憶能
被再次打開。
不成熟的傷、成熟的牽掛，也該有個能被善待的昨天。

你是我身體裡的秘密，絕口不提的同時，你也是我心裡發芽的
恐懼。
為了制止這種蔓延的痛苦，我們停在這裡就好。
留下來不是你的決定，離開才是。

我要好好生活了，把你遺忘在昨天，那樣的好好生活。

生命必是四季可待

宇宙浩瀚，萬物寂寥。
悲傷的人會有自己的星光。

疫情尚未肆虐的那一年，是我最後一次的遠途跋涉。

離鄉前往紐約的一個半月，是決定讓自己對未來有更多沉澱和期待。正值迷惘的年紀，結束了一段有裂痕的情感，在動盪生活中做出重大決定，就是拋下一切去迎接截然不同的挑戰。

是啊，走出舒適圈，無疑對我而言是艱困的戰役。

向來喜歡在有安全感的地方生活，不喜歡複雜的變動，不喜歡人來人往的熱鬧，我總是隻身一人在這個混沌的世界走馬看花。大多時候，這個城市的喧囂都與我無關，萬物朝氣蓬勃的時候，我還是在自己的城牆裡讀詩。

比起浪跡天涯走踏聞名遐邇的美景，其實更喜歡生活中的隨處可見，那些綻放得漂亮卻悄聲無息、從不張揚的美麗，像是安靜的花，安靜的陽光，安靜的雨露，安靜的星光。

身邊不乏有幾個偏愛與狂歡靠攏的人，但我明白，那是他們的心裡沒有屬於自己的一片湖底。雖然深及百尺，照不進外界的光芒，但是卻有自己培育的芬芳，裡頭是清澈動人，聽得見自己迴盪的聲音，如此溫柔的旖旎風光，也能與宇宙遙相呼應。燦若繁星其實並不應天上有，人間心底也有。

你有很富足的內心，屬於自己的寧靜無瑕。沒有紛擾的地方，也有自己滋養的感動存在。
就算是悲傷也好，喜悅也好，懂得去理解自己的情緒，與自己和平共處，平凡無奇的你也有自己的光芒萬丈。

儘管從陌生的城市裡獲得了從未擁有的新鮮與好奇，但偶爾也能沉澱下來，反覆思索與自省。生命的意義大概來自於——為了自己去尋找，也為了自己停靠。
有不如意的時光，敢愛敢恨的日子，有風雨兼程的路途，也有來日方長的可期。
生命並不長，但也不短得令人可惜，好好珍惜自己擁有的時光，活成自己想要的樣子。
儘管無法抵達別人的期望，你也能收穫自己的燦爛。

眼神永遠要堅定地望著自己嚮往的美好。

我有過一段很悲傷的人生歷程，但那一次遠途回來，在行駛的
飛機上，我坐在近窗的位子，看著這無邊無際的蒼穹如此壯
麗，看著在雲層下斑斕的光點，紛紛點燃這無際黑夜的璀璨。

七千八百六十三英里的距離，將近二十一小時的沉澱，內心產
生了妙不可言的感動。原諒自己的所有陰暗、膚淺、破碎、慌
亂、狹隘和匱乏，你比自己所想的還要勇敢，儘管知道世界有
不美好的一面，你有不美好的一面，但不等於忘記有美好的一
面存在過。

有一種得到真正的自由的感覺。雖然受過傷，有過不為人知的
痛苦和絕望，但彷彿慢慢療癒了。
你不是完全光亮的，但你也有為數不多的溫柔，足以照亮你孤
獨的宇宙。
你有自己的星光，你會慢慢更好的，過去都沒有關係了，你的
人生還有更長遠的路途要奔赴，你還有更多的自己要認識和珍
惜，這些受傷的記憶也會慢慢堅強，悲傷會慢慢殞落。

每個人都有各自的孤獨，也有各自的燦爛。
在浩瀚宇宙，萬物也會有寂寥的歲月，但不影響溫柔美好運
行著。

無條件地去相信是很浪漫的一件事。

陽光像熾熱的夢想，驟雨是洗刷悲傷的存在。

人生漫漫，好與不好都是歷程，還有四季可待，你儘管去愛。

祝你萬事勝意，好的一切都要在你那裡發生。

不過太年輕

我不喜歡你憑藉著你年輕
可以把未發生的美好想像在未來

我不喜歡你憑藉著你年輕
被原諒犯錯時總是得意

我不喜歡你憑藉著你年輕
把後悔的種子堆成一座花園

我不喜歡你憑藉著你年輕
忘記有天你也會長成逐漸衰老的容顏

我不喜歡你憑藉著你年輕
滿腔志氣只剩烈火一觸即燃

我不喜歡你不喜歡你的年輕
它應該更具意義

我 是 這 樣 的 人

憂鬱的人

傷心的人

笨拙的人

受傷的人

浮沉的人

迷茫的人

軟弱的人

哭泣的人

狼狽的人

貪婪的人

遺憾的人

生鏽的人

結痂的人

偏執的人

假裝在乎的人
患得患失的人
故作堅強的人
長滿裂縫的人

我不是好人
我也不是壞人

我是這樣的人
我想愛人
也想成為誰的愛人

假裝你有大人的戀愛

頂樓有一把吉他和一壺酒
常常會想起流浪的那幾年
你也曾經帶它去有海的遠方
慢慢地遺忘上岸的感覺

你挑了一本年輕時喜歡的書
抱有浪漫情懷的小情小愛
約定好了下一次見面
如今怎麼看都像
生死離別的場面

做了很長的一個夢
如何確定它是夢呢
裡頭很清晰地聽見你說愛我的聲音
醒來剩下空白的呢喃
和我們沒有愛過的證明

想讓所有愛都有跡可循
像大人一樣
告別時用一頓飯來談笑風生
也像小孩一樣
愛便奮不顧身

捉迷藏

我喜歡玩捉迷藏
只有那個時刻
你才會奮不顧身
一心一意的
走向我

長大是這樣的過程嗎

從電影院出來
你一把鼻涕一把淚
你總是太容易被別人的情緒左右
還是說
你只是從他們身上看到自己的缺口

你原諒了那些曾經欺凌你的人
並不喜歡他們隨意嘲笑你五官的比例
但後來你用著同一張面容
去寬恕那些不曾溫柔看你的眼睛

向來不喜歡吃巧克力的你
為喜歡的人
徹夜埋頭苦練巧克力蛋糕的做法
苦澀都在你舌尖融化

母親讓你養成存錢習慣的筒子
早就足夠買下那條偏愛的珍珠項鍊
但你把那些老舊的銅板拿去交易
一張讓她能安穩入眠的床

第一次去看海的時候
你穿著牛仔短褲
方便奔跑時不會弄濕衣物
但最後一次看海的時候
你選了一件及膝的碎花洋裝
只是不發一語地站在海的遠方
看著退潮時被吞噬的浪花

你不會急忙掩飾羞於見人的秘密
從容而自信地說
我是這樣的人啊
我不完美
我也有討厭自己的時候
我也有自己的噩夢
但我是這樣的人
與自己相依為命的人
有資格被愛的人

長大是這樣嗎
是這樣的過程嗎

懷念那些懵懂無知
得到一顆糖就能開懷大笑的自己

但也不會畏懼
用自己努力過的雙手
去擁抱自己想要的東西

誠實理論

坦白一點不就好了嗎
想要的東西不說出口
就不會有人知道

想要被愛的時候
就要有勇氣回應

怕痛的時候
就承認自己也很脆弱

不安的時候
就擁抱能依靠的肩膀

如果你說你很想見我
就算颱風下雨
就算相隔時差
我還是會去見你

真愛

花光積蓄買你的不開心
然後把所有開心都送給你

系統病毒

想問你想要最好的我
還是最壞的我
不能選擇的時候
也不能不要我

晚上八點

手機鬧鐘在八點會準時響起
提醒自己該吃藥了
提醒自己正在好起來
或是不會好起來了

CHAPTER 4

虛實

如果我說，我夢見過世界末日，你會相信我嗎？

四周斷壁頹垣，荒煙蔓草，有瘟疫，饑荒，或是戰爭發生過嗎？

一想到地球上的生命都將被消滅，我只能說那是一幅太不幸福，痛心入骨的光景了。

還來不及感受恐懼，你已經牽緊我的手，用平淡的口吻說著，兵荒馬亂的人生我們也不是沒有過。你的眼神是萬般堅定，絲毫不畏懼末日來臨。

原來，我是愛上這樣的你啊。

這樣無論發生什麼事情，哪怕死亡離我們很近，也寸步不離的你。

下輩子即使無人聞問，也沒關係。

就算世界已經分不清虛實，你仍舊在我心底熠熠生輝。

你給了我生命的理由，我知道，誰也不能將我們分離。

指日可待的美好都在路上

不完美的人也可能成為美好的人吧，
美好是心有所嚮往，而光芒萬丈。

1

常常會想，怎麼樣才算得上一個「美好的人」呢？

這個「好」之於每個人的定義不一，有人覺得是代表善良，有
人覺得是代表溫柔，有人覺得是代表體面，有人覺得是代表友
善，也有人覺得是代表大方。但無論怎麼樣，它仍是一個無比
正面的詞語，只要得到這樣的肯定，就彷彿說明自己在他人眼
裡，是屬於風光明媚的光景，而不是天昏地暗的。

大抵沒有人不喜歡美好的萬物吧，為了奔赴燦爛，誰都是努力
在發光。

我也期盼自己是一個美好的人，把晦暗收進口袋，幸運放在身上，全心全意用溫柔和善良去擁抱世界。

為了成為皎潔的月亮，星星永遠會熾熱地發光。

2

去年因為生活型態的變遷、感情的變故，讓我消沉了好一陣子，那種鋪天蓋地的悲傷、徬徨無助的心情，至今仍深深烙印在我心底。

二〇二〇年初，我經歷了一段漫長的心理治療過程，開始在醫生的判斷下服用精神藥物，並再三叮嚀，不能擅自停掉那些我始終記不清正確名稱的彩色藥物。

起初是非常排斥和恐懼的，我問醫生說：「這些東西會對我的身體造成什麼負擔和影響嗎？」

不記得醫生細心地為我解釋了些什麼，但大意是：「擁有這些藥物會比沒有藥物的妳還要好。」

那時候，我才意識到，原來我是壞掉的人了。必須依賴藥物，才得以維持生活的平衡。

即便心裡非常抗拒吃藥這件事，但茫然若失、渴望得到方向的

我，還是順從別人的指引，聽話地完成著每一件「能讓自己變好」的事情。

世界持續運轉的同時，並沒有因為我的脆弱而改變什麼。在一個混沌的大城市，所有喧囂都與我無關，那些繁忙的人們都擁有各自奔赴的目的，只有我，漫無目的地遊走，前路未卜，那樣的孤單和寂靜，是不見天日的惝恍迷離。
美好在成形的時候，潰不成軍的只有我。

一年半載的時間，我慢慢習慣了如何與生活共處，逐漸適應了新的環境、也正在努力走出感情的陰霾，並不想要永遠為谷底而活，我知道我並不是自以為勇敢而堅強的那種大人，但我也沒有脆弱到無法生長。
陰暗曾經讓我望而卻步，但陽光下有姹紫嫣紅，滿眼韶華。
成為美好的人，是我的期待。

長大的過程必然會受到傷害，並不是一切都能安然無恙、萬事亨通。
成長的路很漫長，那條路是逾山越海、荊棘叢生的過程，腳底是回憶裡悲傷的泥濘，舉步難行，挫折和挑戰就像傍晚的夜幕，讓人迷惘。

生活沒有天從人願，長吁短嘆後還是要知難而進，雖然不易，
但往往不會虧待那些一如既往奔赴遠方的人。
在逆境中盛放，柔軟時光，有一片自己的柳綠花紅。

我接納了自己身上的不完美。
是啊，世界上哪有一定的完美呢？但不完美的人也可能成為美
好的人吧。

美好是心有所嚮往，而光芒萬丈。

3

結束了一週為期三次的治療，醫生說我有很大的進步，之後只
需要定期回診就好。然而距離上一次回診，已是去年十月。
那個時候我的身邊已經有個溫柔的大男孩了，他並不瞭解我過
去所經歷的痛苦和絕望，但他一直深信著，會有撥雲見日的那
天，他會成為和煦的太陽，為我的生活帶來明媚的風光。

那是我們第一次一起去醫院，在等候叫號時，他沒有鬆懈那雙
緊握我的大手，我至今都能感受他厚實溫暖的力量。

後來，他陪我進了診間，醫生翻了翻病歷表，問道：「已經有

一陣子沒有回來了，最近生活還好嗎？」

我想起了身後的他，若有所思地笑著：「比過去好了很多，雖然偶爾還是會憂鬱、會脆弱，也會難過，但可以好好生活了。」和他一起。

醫生點了點頭，似乎是很高興得到這樣的答案。更新了我的近況，詢問我最近煩惱的事情，依照慣例開了點備用的鎮定劑給我。

我想起那天，手裡握著藥物的我，苦悶地和他說：「你知道嗎，我真的是個不好的人，常常會沒由來地哭，生氣和難過，我一直在想那只是因為我生病了。可是正因為我生病，所以我覺得自己和別人特別不一樣，外面有那麼多優秀的人，你也是個很棒的人，可是我不是，我不是普通人，想到我就很難過。」

「妳是普通人啊，妳沒有不一樣。」他不假思索地回應我。

「妳就是妳。生病並不是什麼嚴重的事情，妳依然很善良、漂亮，而且被許多人深深喜愛。」

「但也因為生病了，我常常感覺自己被世界、被愛的人拋棄了。」

「被放棄的人不是因為她不好，萬物都有缺口，她只是沒有找

到剛剛好的另一半。」

那時候，我才深深明白，原來長年累月裡，只是我不喜歡我
自己。
我有自卑的時候、難過的時候、沮喪的時候、茫然的時候、落
魄的時候、徬徨的時候，但那不等於我失去了我有好的時候。
在他人的隻言片語中拼湊惡意，卻也忘記了自己曾在讚美中成
長，那麼努力想要得到別人眼裡最完美的姿態，往往丟失自己
最初的真實。

儘管遍體鱗傷，你有一片純粹，永遠可以相信自己能抵達遠方。
我的遠方是溫柔善良，成為受傷的人之後，還是依然把渾身的
刺都柔軟。

人間不美好的時候，你要美好。

二十五歲的生日

| 世界如果不能善待你，我會用我的方式來擁抱你，不讓你受傷。

十二、十一、十……再過十二天，就是他二十五歲的生日了。

每一次替愛人過生日，我總是會隆重地製造難忘的驚喜，彷彿是把那些期望在自身發生的浪漫都投遞到對方身上，如此獲取一點幸福的養分。

今年我準備了二十五個禮物，仔細包裝每一年對他的心願。從他的一歲直至二十五歲，那些我錯過的年歲，在遇見我的今年我會一次補齊。
我蒙著他的眼，要他握著我的手向前走，在我數到三前不許偷看。

房裡播放著〈A Thousand Years〉，喜歡這首歌已經很多年了，但經典總能恆久不變，浪漫也能歷久彌新。在看著你的那一刻，我想的只是怎麼更靠近你一步，怎麼證明愛有一百種表達

方式，其中一種是相信我的眼睛。

在漆黑的房裡，唯一的光線落在床鋪中央的那二十五份禮物，
像是聚光的焦點。
禮物的上面黏貼著二十五張賀卡，我們依偎坐在床沿，一張一
張、一歲一年，我不厭其煩地讀給他聽。
我看見他眼角按捺不住的淚光。他低著頭莞爾一笑，感動萬分
地說，從來沒有一個人願意為他付出這麼多。

我用了最溫柔的姿勢擁抱他，輕聲告訴他。
──這世界上呀，每一個人都值得被善待。

就算這個世界不太好，但好的是我們會相信好事終會降臨，好
的是末日前我們能瘋狂浪漫一次，好的是你誕生的時刻有過對
未知世界的渴望與理解。
好的是，接下來的餘生，請多多指教。

親愛的，生日快樂。

請你永遠滿懷希望，柔軟且善良。
我會和你一起記得幸福的模樣，重複再重複，一直到日落慢慢
融化，一直到我成為你眼中的花。

保存甜蜜的方法

把甜蜜一點一滴地收進玻璃瓶裡，
放在陽光可以暖和的地方。

如果怕夏天稍縱即逝，那就把你最喜歡的冰淇淋放進冷藏庫，
緩慢地融化吧。
不營養的零嘴都留下吧，話匣子會在舌尖拼湊可愛的語言。
電影票根不要遺忘啊，戀愛的畫面可以在腦海裡四季上演。
可樂不要開瓶，把冒泡的想念留在我回來的那天。

把甜蜜一點一滴地收進玻璃瓶裡，放在陽光可以暖和的地方。

時間在百葉窗流淌，清晨的微風會提醒定期微笑。
童話故事是入眠的音符，而我會成為明天的期待。

夏天的時候，做你唯一的信仰。
冬天的時候，陪你一起不逃跑。

末日告白指南

比如說，我知道某天世界要滅亡了，所有物種都會消失在地
球上。

然而我可能還是在煩惱，

該怎麼樣才能留下來陪你生活。

生活像甜甜圈

> 幸福有很多種方式，
> 但我還是最喜歡和你一起。

親愛的丈夫：

今天是我們結婚的第三年。這三年前，我們還談過五年的
戀愛。

我不敢說自己是個絕對專注的人，但和你相愛的時候都是一心
一意。

這幾年的日子，短的可以說是轉眼之間，長的可以說是漫漫長
日，但一點都不會感到浪費。只要有你在的日子，都變得光彩
了起來，我想是因為你本身就是一個溫暖又可愛的人吧。

你這樣的人，在我眼裡怎麼看都是多不勝數的優點，就算偶爾
有一點瑕疵，那也是失誤的缺口而已，一點都不影響你在我心
裡的價值，啊，你應該是無價之寶才對。

直到現在，經過了這麼多年的歲月，我想起我遇見你的第一天，嘴角還是會不自覺地上揚。

你戴著口罩，帽子壓得低低的，看不見表情。

我在遠處傳了訊息給你：「你穿黑衣服戴帽子嗎？」我想大概是猜中了。你緊張地抬起頭四處張望，想要從人來人往之中找到我的身影。

後來我筆直地朝著你走去，像不像電影裡那種，無可救藥的浪漫劇情？

我把手上的甜甜圈交給你，這是我們之間的暗號，我說我會帶著甜甜圈來見你，因為打賭輸了，承諾的甜甜圈應該如約而至地到來。

當時，我其實並不是確定你是真的喜歡甜食，還是希望我能出現而已。

這個答案，你現在能說給我聽嗎？

偶爾還是會因為這樣不足為奇的小事而欣喜萬分。

比如，玩雙人遊戲默契不協調的時候鬥嘴吵架、情人節為選餐廳而意見分歧的時候你還是把碗裡的龍蝦都給我、睡覺的時候把彼此的打呼聲錄在語音備忘錄裡、愛賴床的你起了大早去市場買我最喜歡的脆圓、吃飯時假借離席而偷買了情人節禮物、

在酒吧幫我喝完兩人份的酒……很多平凡的發生，因為你有了
格外特別的意義。

今年的紀念日，我們在家自己料理，菜單是交往後第一次煮的
五人份白醬義大利麵，只不過這次我們記得酌量。
那年我們都還年輕，對料理也不太熟悉，唯一拿手的也只有泡
麵，但還是想為彼此做一些浪漫的事情。我們在廚房忙東忙
西，最後端了兩大盤不合食量的成品，把雙方都逗笑了，但對
那時候的我們來說，那樣不夠精緻的料理，卻是世界上最美味
的記憶。
現在我們已經能端出幾手好菜，偶爾也會像年輕時比例失誤，
但那都沒關係，就算不是所有料理都能如此順利，只要我們很
順利就好。

冬天快到了，我找時間為你織條好看且溫暖的圍巾，還有如果
棉被不夠厚重，你可以把我抱進懷裡。
這幾年來的習慣都沒有變，睡前你會和我說一句我愛你，如今
還是一樣動聽。

因為有了你，我感覺這個世界上，我什麼都擁有了。
幸福有很多種方式，但我還是最喜歡和你一起的這種。

我喜歡你吻我的時候，不管是熱烈的那種，還是平淡的那種。

老的時候，這些珍貴的記憶，還能原封不動地說給你聽。

原諒相愛後分別

> 把你變成日常不是難事，
> 但把日常中去掉你，是一件好難的事。

那是什麼樣的過程呢？
從你用深情的口吻說愛我，到最後你用平靜的口吻說分開。

在記憶的跑馬燈裡，好像不過是一齣電影的時長，我們一起完成的事情太少，然而許下的約定太多，有很多空白來不及用彼此的雙手填滿。

我甚至沒有告訴過你，那時你說愛我時，我的宇宙好像下起了第一次的流星雨，許多不同光度和大小的星星在心中綻放，盛大的撒落，從此心底那片蕩漾的湖泊都有了輝煌的色彩。
該怎麼形容那樣的雀躍呢？這麼說好了，是你已經尋找許久的五〇年代歌曲唱片，突然出現在偶然光顧的老店裡，在不起眼的角落裡發現寶藏，真是美麗的意外，多麼值得的邂逅。

你的出現是我人生裡驚天動地的改變，我如此樂於陪你享受生命的無常。

我已經習慣你在我的生命裡了。

比如說，我會為了你把吐司烤到表面焦黃，薯條會沾玉米濃湯，冰淇淋要泡在汽水才對味。

比如說，我會學你衣服買大上一號的尺寸，褲子到五分的長度，交換穿的時候也不會感到彆扭的奇怪。

比如說，我會和你捕捉風景的碎片，蟲子正要起飛，陽光落在草坪，路燈拖曳的身影，大風捲起的樹葉，或是海平面上反射的光點，在你眼裡都是動人的風景——而我的風景更多是你。

把你變成日常不是難事，但把日常中去掉你，是一件好難的事。

當你已經決定離開的那天，我故作堅強沒有將你留下，眼淚在眼眶打轉，但還是笑著祝福，說你要找到更好的歸宿。

不愛也是沒辦法的事情，我沒有辦法殘忍地要你陪我消耗剩下的人生。

那不是你的錯，事到如今是我太溫柔。

與其這樣，不如讓你選擇想要的路途，而我不過是擦肩而過的

過客。

老實說，你愛過我已經是很好的一件事了。

但我還是更希望我們不要愛過。

很奇怪吧？要忘記深愛過的人，比練習與人相愛，還要難太
多了。

釋懷你愛過我，原諒你離開我，理解有好的出現，就會伴隨著
壞的發生，那只是時機的問題，不是我們的錯誤。

我不知道我還僅存多少溫柔，像我愛你時可以保持緘默，面對
疼痛時相信身體很堅強。

但你讓我認清我還是易碎的，曾有的潤澤終有一日會乾枯，只
要你沒有再細心為我澆水，我不會再那麼漂亮。

那是因為我不再漂亮，你才不愛我的嗎？

就算你不愛我，我還是很愛你。

但如果有來生，我們不要相愛吧。

你還是要平安，像我沒遇見你之前那樣，永遠平安。

請幫我寫封遺書吧

| 把每一天都當成最後一天去愛。

這裡是寄往末日的信箱，你可以留下你想說的最後一句話，讓我為你留下一封遺書。

末日之時什麼都帶不走，所以離去之前，請把所有愛與痛都留在這裡。

1

「我很害怕，我沒有別人眼裡那麼好該怎麼辦？」

我知道你沒有比較堅強，只是善於偽裝。

你有脆弱的時候，你會哭泣，也會生氣，偶爾也會感到不知所措，你和普通人並無二致，沒道理永遠為人抵擋世界的惡意。

你是柔軟的，如果有太尖銳的刺，還是無可避免會受傷。

如果所有的美好都被洗劫一空，你也沒有多餘的溫柔可以給予。

恐懼的時候，會希望被擁抱，求救的時候，也會渴望能被聽到。
但他們對於你人生的說明書似乎有些誤解，每一道熾熱的目光
都像一記用力的耳光。

你不是不夠好，害怕也不等於是弱者，再強大的人也無法過度
背負。
承認有時候也有痛覺，承認自己勉強微笑是偽裝，承認不夠好
的時候還是期望被愛，受傷的時候也需要有人擦藥。
你就會慢慢痊癒，知道不勇敢也沒關係，不完美也是一種完美
的方式。

2
「我對很多人很抱歉。」

對不起，我不是一個好人。
我辜負過很多人，包括我自己。

對不起遇見過的人、對不起愛過的人、對不起期望過的人、對
不起想念過的人、對不起分別過的人、對不起承諾過的人、對

不起失去過的人。

我也曾經想成為很溫暖的那種人，足夠照亮他人的人。但本身就是黑暗，帶來的只有頹敗和凋零，永遠無法成為美好和光明，我就是那樣的人，要怎麼給人幸福呢？

我知道能給的只有道歉，我是一無所有的，可能你不能明白，那說明了我們本身就不是同類的星體。
我不會發光，靠近你的炙熱，我會受傷。就算你為我點亮夜空，我還是只能躲在你身後的陰影，並不會因此和你一樣受眾人寵愛。

你是月亮，我是星星，我們就不能相愛。
像海鷗愛上海裡的魚，本來就沒有結果。離開水，魚就會缺氧，沒有天空的鳥像被折斷翅膀，沒有自由，也不能飛翔。相愛只是兩敗俱傷。

對不起。不只不能愛你，我不該愛上任何人，或是讓任何人愛上我。
我不是一個好人，我們就別假裝愛別離苦，你有你的歸宿，我也有我的流浪。
讓這麼多人受苦，容許我最後一次說對不起，就算無法痊癒。

請失去我。這樣你才能永遠健康。

3

「你能再給我一個擁抱嗎，一次就好。」

上一次你擁抱我的時候，是在什麼地方呢？先伸出的是左手還是右手呢？你臉上是什麼表情呢？我們是為什麼而擁抱的呢？我不記得。

要隨意猜一個情景的話，大概是因為你要過街到快要打烊的麵包店，買最後一個紅豆麵包給我，光想到我滿足的神情你就會得意。
每一次只要離開我的視線，你就會給我一個能被身體烙印的擁抱，在餘溫散逸之前，你會回來找我。你要我在原地別走。

你是麵包店的最後一位客人，踏出店門時，掛牌也從「營業中」換成「休息中」了，燈熄了幾盞，暗示天黑了你會回來我身邊。
一條馬路的距離，你舉著提袋朝我揮手，臉上盡是寵溺，滿溢幸福的笑容。

然而，最後映入眼簾的是一群圍觀的人、此起彼落的呼喊、刺耳的鳴笛聲。

方才回應你的笑容僵在嘴角，我的腳動彈不得，視線開始模糊。

你要我在原地別走，但這個時候，我應該第一時間向你奔跑。

幾年過去了，這樣的情景過去曾經發生過嗎？

應該是沒有的吧。可是怎麼想起來，心會這麼疼痛。

做過的夢也會這麼真實嗎？真是太可笑了，你才不會離開我，你從來沒有讓我失望過，在我的身體忘記你的溫度之前，你都會回來找我的。

你是我絕無僅有的溫暖啊。

可是我的身體為什麼這麼冷呢？

你能再給我一個擁抱嗎，一次就好。一次就好。

只要一個擁抱，我就不會把你忘掉。

我不想把你忘掉。

4

「活著其實很好。」

我和你說過，下輩子希望當一隻懶洋洋的貓，在太陽底下盡情
撒嬌。
那這輩子就到此為止吧，生而為人，我並不快樂。

我並不是刀槍不入，反而一碰就碎，每當那些鋒利的眼光、嘲
諷的耳語在我身上徘徊，都會讓我分崩離析，最後只剩滿地破
碎的殘骸。

世界不如你說的那麼善良和溫柔，多的是困難和挑戰，險惡和
挫折無所不在。鮮少時候我才能和你說，活著其實很好。
幸福總是那麼得來不易，悲傷無所遁形，然而人心那麼荒涼，
光憑藉一點點的美好，無法促成無堅不摧的強大。

想要少受點傷和委屈，想要少去和生活較量，也想要原諒長
大是殘忍的過程，但偏偏那麼努力的人，還是會百孔千瘡地
活著。
好不公平，也好不合理。

最後一次看醫生的時候，醫生說我的病有慢慢進步，雖然還是

時常憂鬱與焦慮，但失眠和落髮的現象已經好很多，說不定身上的傷口也正在變少了。

我說，可是我還是很討厭自己，我好討厭這個世界，好討厭，深惡痛絕那般，我多希望這個世界不見，我能不見。

我問過好幾次自己，為什麼這麼難受還要活下來呢？我也可以選擇毫無眷戀地離開。醫生和我說，那不正是我還有牽掛和期望嗎？

我沒有自己以為的那麼痛恨活著的感覺。
我一直以為他只是安慰我而已，這樣的想法根本不存在，我還是那個無法愛與被愛的我。

一直到有一天，我開始意識到，我們的生命有多脆弱，我可能隨時會死掉。
死亡很容易，意外的發生很容易，都是猝不及防地到來，我以為我並不害怕隨時可能消逝的生命，在明天、在後天，又或是在今天的某一個時分，在很痛很痛之後，突然不感覺到痛了。
但我還是想要永遠疼痛，想要擁有遺憾，然後用漫長的餘生去釋懷。

活著其實很好，儘管要很多很多的愛和空氣才能活下來，但只

要活著的時候,我就必須承認自己是心甘情願的。

我們並不能成為彼此的救贖,我不介意。

未來我還是會遇見很多人,也許像你,也許不像你,也許會經歷災難,也許會經歷平凡,也許擁有會失去,那些我也都不介意。

因為我不後悔,活著而遇見你。
這樣的活著,其實很好。

5
「下輩子,我們要在同一個城市戀愛。」

把每一天都當成最後一天去愛。
這大概是最不浪漫的你,說過最浪漫的話吧。

而擁有末日浪漫的我,在活著的時候還是想要問你很多遍,希望你會不厭其煩地回答我。
這輩子相愛,下輩子我們還要相愛嗎?
希望你說好。你如果說不好,我也會當作沒有聽到。

但我知道你會說好，像現在的我們一樣，把每一天都當成最後一天去愛。

下輩子啊，你還是會找到我吧？如果你沒找到我，我也會千里迢迢去找你。

希望我們是在同一個城市裡，一樣的溫度、一樣的四季、一樣的光和空氣。

我們不要被距離分開，無論是城市的距離，時間的距離，物種的距離，還是重生的距離。

下輩子我們還是要在一起。

我們要在同一個城市戀愛，然後我還是會每天親口對你說，我愛你。

我愛你，你是我生命的意義。

♦

換季

> 空無一人的心，遲早要收拾乾淨，
> 讓下一個人留下痕跡。

每個年末，都會例行性地整理一次居家環境，汰換掉無用的東西。
每個積滿灰塵、毫不起眼的角落，都有一些尚未收拾乾淨的回憶。

我遠比想像中還要念舊，已經沒有感情的東西，還是會因為害怕浪費而選擇留下。櫃子裡有好幾本已經泛黃的畢業紀念冊、有夾在資料夾內零散的高中作文稿紙、寫滿筆記的教科書，明明已經離開那個年紀，也知道不會再回去，還是會固執地想留下它們存在過的痕跡。

對於感情也是，小心翼翼地藏下每段記憶，想念自己曾有那樣愛戀過青春的眼睛。

曾經不會拿捏擁抱的距離，肆無忌憚地許下對未來的約定，最後流淚著揮手告別說沒關係，到下一個人的晚安裡變成一場溫柔的美夢。

直到事過境遷，旅行的舊相片、生鏽的戒指、有姓名的玩偶、沒有地址的信、畏寒的圍巾、燃燒過的蠟燭，都變成棄之可惜的東西。
我只是不夠果斷地前進，而不是留在原地。
記得分開的時候，也記得發生的時候，我就是這樣在生活，就算你沒有在我左右。

不過今年，我決定搬離這個回憶蔓生的地方了。
你一定料想不到，一直安逸活在回憶裡的我也有鼓起勇氣離開的決定。
決定不再復返的時候，也是決定對生活多點寬恕和釋然的時候。

不知道我的新家，天氣會不會和這裡一樣晴朗無雲，冬天的晚上還足夠讓我蓋薄棉被睡覺，出門的時候沒帶傘也沒關係，街上的路燈還是一樣亮著嗎？樓梯間不會過於狹窄，抬頭也還能看見明亮的星空。
從今以後什麼都會淘舊換新，住進來的人有一天依然會離開，缺席的空間會換下一個人搬進來，生活是這樣在持續，我也沒

有愛一個人就能持之以恆的能力。

未來與你無關的時候，不一定是有一方出了差錯，而是生活早
已冥冥注定。
我們都沒有察覺一切不對勁，刻意生疏的時候，只是在等誰願
意殘忍地先走。
告別和不告別也沒有那麼重要，我們和別人沒有不一樣，愛得
沒有比較吝嗇、失去也沒有比較無情。我們很努力，只是領會
結局還是可惜，所以最後一句話，說什麼都像安慰對方從生命
中離席。

沒有了你，我也不會活不下去。
我也知道那些回憶，和保存期限從來沒有關係，只是害怕自己
傷心，成為留著還能求救的理由。

你不會被頂替。
但空無一人的心，遲早要收拾乾淨，讓下一個人留下痕跡。
像我們曾經那麼熱烈的相信生命，這次也無庸置疑。

2
1
4

◆

2
1
5

重要

「我很喜歡你每次專注看著我的模樣，喜歡你擁抱我的力度，
也喜歡你吻我時的小心翼翼，像是害怕把我弄碎一樣，又像是
害怕明天我會不見一樣，讓我知道其實我很重要。」
「希望就算我們不對視、不擁抱、不接吻，我也依然重要。」
「希望此時此刻你很溫柔，你會一如既往的溫柔。」

「我相信我很重要，無論那代表著什麼樣的意義。」

使用說明書

使用《末日告白指南》的方法。

1. 請保持一顆對於世界的新鮮好奇心。災難、末日、奇蹟都有
   可能隨時到來,請做好準備,勇於探索。

2. 無論是與自己或他人,培養任何一段關係之前,請先學習接
   納和擁抱,認識自己和對方,發展更緊密與深刻的交流,首
   先坦率和表白是最為重要的。

3. 如果你有愛人,請自動代入你所期望的對象,如果沒有,請
   尋找一個愛的對象,或是選擇自己也沒關係。我們不一定只
   能愛著別人。

4. 事物是一體兩面的,末日也是,末日不見得代表的是絕望
   來臨,也有可能是幸福的來臨。這意味著,並非世界末
   日,也可能是悲傷的末日、痛苦的末日、快樂的末日、幸
   福的末日⋯⋯各式各樣的末日。

當人類有大腦意識控制時，末日是端由你決定的。

5. 告白一詞，所指的是「對於內心感受的表白」，不見得是喜悅的，也有可能是苦痛的，有遺憾的，也有告終的。

6. 你可以選擇相信或不相信，但愛本身是無庸置疑的，若不是擁有愛，人只是虛有其表的空殼而已。萬物皆有靈，源於他們擁有情緒共鳴。

7. 選擇一個想共度餘生的人，一起閱讀，或是一起不閱讀。

8. 面對自己的內心需要很強悍的力量，希望你是在一個平靜且安穩的地方，安全的打開它。

9. 平凡或精采的人生都沒關係，請你好好活過，好好感受，保有真我。

10. 請留下屬於你的告白吧。

在過去人生的這段旅程，你可能已經抵達了自己想要的終點，也可能還在旅途中，你可能並不希望末日的到來，你也可能期待某種末日的到來。

無論如何，我想邀請你一起設想，與自己或是與重要的人，一起回答以下五個問題。

● 假設今天是世界的最後一天，你想對你最重要的人說什麼話？

● 承上，假設今天是世界的最後一天，你想對自己說什麼話？

● 這輩子你有過後悔和遺憾嗎？請真心的與這些故事和解，並畫下美好的句點吧。

● 這輩子你有想要完成的夢想嗎？假如人生並沒有那麼漫長，請勇敢一回吧。

● 請給自己一個擁抱吧。你活著的這些日子真是辛苦了，但謝謝你是你。

謝謝你是你。

謝謝你有過那些破碎和荒唐，謝謝你有過那些善良和倔強。

謝謝萬物依舊可愛，宇宙依舊燦爛。

謝謝世界能讓我們相遇。

謝謝我們有這些大好時光，能夠去擁抱自己和對方。

謝謝人間不美好，且美好。

運 氣

買了向南的火車票
打算一覺醒來
再決定目的地

如果命運把我帶到你的面前
而我們沒有相愛的勇氣
也只是難過我們
並不是相符的獎品

有愛但不能
我們沒有運氣
我不怪你

畏寒的太陽

適合點燃別人的人
是生在寒冷的北極嗎
在沒有辦法取暖的季節
是用體溫相擁而泣的嗎

你深信眼淚是滾燙的感動
而不是悲傷的灰燼
生來太善良的人
看見的都是別人生似燭火的眼睛

擁抱你也是因為
不忍心看你受苦
甘願把體溫全部寄存在另一個軀體
哪怕自己凍傷也沒關係
你是這樣愛人的

假裝不那麼怕冷
假裝沒那麼脆弱
也假裝自己被淋濕的身體
明天就會恢復乾燥

你成為別人的太陽
為別人發光
為別人發燙
把自己灼傷
都沒有關係
你是這樣愛人的

安全感

想被你擁抱的時候

像沒有防備的貓

相信你沒有利刃能傷害我

心 房

———

提高租金

最後一個房客走後

住不進任何人的心

只適合住自己

更好的人

有時候我很自責
怎麼不是讓你
遇上最好的我呢

捨不得你受傷
捨不得你的眼睛看向遠方
捨不得你質疑自己愛人的能力

該感到抱歉的是我
帶著滿身的刺去愛人
以為你會原諒我
沒辦法為了你成為更好的人

大病初癒

沒有問你
相愛的意義

但不健康的時候
都是我讓自己痊癒

壞的燈泡

在沒有光的地方
我會在很傷心的日子裡
默默的壞掉
默默失去形狀
默默衰老

慢慢放棄掙扎的手
不是忘記求救
而是想要在離開的時候
不要被看見自己
面目全非的樣子

我不痛苦了
也不哭了
在沒有黑暗的地方
你的傷心會痊癒的

都是我不好
以為能代替陽光
為你發亮

在 場 證 明

用潦草的字跡
寫了好幾封信給你
下雨的時候寫
晴朗時寫
窗外曇花綻放時寫
屋裡飄香時寫

我喜歡沒有時效的信
你讀的時候
過期的信
也不存在短淺的時差
無論怎麼看
都清楚記載思念很長

它不像我們
沒有勇氣為自己留下
一點愛過的證明

孤獨星球裡的童話

孤獨是一個人的事
絕望我都見過了
如今餘生
想陪你浪費願望

不想成為離群索居的人
你願不願意
陪我在寒冬生火取暖
被陽光吻醒的早晨
我們就一起生活
一起變老

・後記・
人間不美好，且美好。

展信悅。

原本其實是一封想寫給你的信，但突然臨時改變了主意，想寫
給自己。

遙望過去發生的種種經歷，想起那年徬徨迷惘、失落頹喪的自
己，我以為我會因此一蹶不振，在世界上徹底地消失。但後來
發現，其實我也有過幸福和快樂的歲月吧，就像現在所擁有的
平靜一樣，對已然發生的過去釋懷，對未來前所未有的期待。

那段歲月，是我的末日。真的就像是世界末日一般，在我的人
生中黯淡無光的那幾年，美好是支離破碎的，期待也是不可企
及的。

捱過不光亮的歲月，一直到現在能堅決地在風雨中站穩，雖然
還不足以到達那樣萬般完美的人，但至少也對我的努力有所交
代。也不知道是從何攢來的勇氣，或許是在不吝嗇給予我溫暖

的人們，也或許是原本就堅強柔韌的自己。

我有脆弱的時候，但我並沒有想像中脆弱。

一路風雨兼程，逾山越海，才好不容易找到自己心湖的一片寧靜。

那時候於我而言的末日已經過去了。

就像是重新得到新生，打算再次懷抱美好的信仰，用善良溫柔的眼睛去眺望，用雙腳去踏遍自己想要前行的路。

於是我趁著心意正熱，寫了這麼一本書，並且命名為《末日告白指南》。

擁有這樣的決定一部分也是因為你，在你提字寫下「人間指南」時，我就決定賦予它這個名字。

我很喜歡「末日」這個淒美又浪漫的詞彙，也或許是經歷過那樣的黑暗因此更明白它的懾人心魄，卻也理解了絕處逢生的意義。而「告白」一詞也頗為美妙，在日本文化中它通常意指向心儀的對象表達愛意，但在此的原意是向他人坦承表達自己內心的感受與想法。

在經過我的末日之後，我心裡所想的是——我有數以萬計的話想要對重要的人說。對友人、愛人、親人，或是對我自己，將埋藏在心底的好與不好，細微詳盡的說出來，萬無一失的表

白，這樣我才能了無牽掛地向前。

回顧今生，大概有很多悲傷正在發生，但也有很多快樂正在
萌芽。

未來的路還不清楚，但至少想趁著自己還不是那麼空洞匱乏
時，不留遺憾地書寫、奮不顧身地愛、跌跌撞撞的堅強，然後
永遠溫柔善良，不辜負自己的一生。

不否認自己並不是個光明正面的人，但每個人都有自己的美好
信仰，為了想要抵達，而義無反顧地奔赴，我們都會成為更好
的人，迎接更好的世界，然後去相信所有的不可能。

我總是喜歡對自己這麼精神喊話。畢竟我們最柔軟的地方，不
也是心上嗎，只要相信就好。

我喜歡我的黑暗，但也喜歡我的光明。

請不負熱望，請安然無恙地與自己共存。

我們不知道明天會不會如期到來，但還是相信美好會如約而至
地發生。

人間確實需要指南，而真正的指南，其實是你的心之所向。

你相信嗎，只要你相信，相信就能抵達。

在書寫的過程中，有一段話是想寫給自己，寫給我愛的人，也
寫給你們：
「人間不美好，且美好。」

蘇禾乙坒

寫於 2021/09/26 00:17

國家圖書館出版品預行編目資料

末日告白指南 / 蘇乙笙著. -- 初版.
-- 臺北市：皇冠文化出版有限公
司, 2021.11

面； 公分. -- (皇冠叢書；第
4986種) (有時；17)

ISBN 978-957-33-3815-4(平裝)

863.55　　　　　110017557

皇冠叢書第4986種｜有時 **17**

末日告白指南

作者—蘇乙笙　發行人—平雲　出版發行—皇冠文化出版有限
公司　台北市敦化北路 120 巷 50 號　電話— 02-27168888　郵
撥帳號— 15261516 號　皇冠出版社（香港）有限公司　香港
銅鑼灣道 180 號百樂商業中心 19 字樓 1903 室　電話— 2529-
1778　傳真— 2527-0904　總編輯—許婷婷　責任編輯—陳
怡蓁　美術設計—嚴昱琳　著作完成日期— 2021 年 9 月　初
版一刷日期— 2021 年 11 月　法律顧問—王惠光律師

讀者服務傳真專線— 02-27150507　電腦編號— 569017
ISBN 978-957-33-3815-4
Printed in Taiwan
本書定價—新台幣 340 元 / 港幣 113 元

皇冠讀樂網　www.crown.com.tw
皇冠 Facebook　www.facebook.com/crownbook
皇冠 Instagram　www.instagram.com/crownbook1954/
小王子的編輯夢　crownbook.pixnet.net/blog

可樂不要開瓶，
把冒泡的想念留在我回來的那天。

即使不知道你確切的座標在哪裡，
我依然會在同個經緯度等你。

單向的戀愛，是沒有盡頭的奔赴。

我理想生活的前提，
一直都是你。

你醒來時，我會讓你看見我擁抱你。

每個人都有各自的孤獨，
也有各自的燦爛。

被陽光吻醒的早晨
我們就一起生活
一起變老

你有不美好的一面，
但不等於忘記有美好的一面存在過。